· 语文阅读推荐丛书 ·

# 中外神话传说

陈玉芬 张欣悦 / 编译

人民文学出版社

图书在版编目(CIP)数据

中外神话传说/陈玉芬,张欣悦编译.—北京:人民文学出版社,2018(2022.8重印)
(语文阅读推荐丛书)
ISBN 978-7-02-013908-8

Ⅰ.①中… Ⅱ.①陈… ②张… Ⅲ.①神话—作品集—世界 Ⅳ.①I17

中国版本图书馆 CIP 数据核字(2020)第 138962 号

责任编辑　廉　萍
装帧设计　李思安　崔欣晔
责任印制　宋佳月

出版发行　人民文学出版社
社　　址　北京市朝内大街 166 号
邮政编码　100705

印　　刷　北京华宇信诺印刷有限公司
经　　销　全国新华书店等

字　　数　110 千字
开　　本　650 毫米×920 毫米　1/16
印　　张　10　插页 1
印　　数　132001—136000
版　　次　2018 年 4 月北京第 1 版
印　　次　2022 年 8 月第 19 次印刷

书　　号　978-7-02-013908-8
定　　价　20.00 元

如有印装质量问题,请与本社图书销售中心调换。电话:010-65233595

# 出版说明

从2017年9月开始,在国家统一部署下,全国中小学陆续启用了教育部统编语文教科书。统编语文教科书加强了中国优秀传统文化教育、革命传统教育以及社会主义先进文化教育的内容,更加注重立德树人,鼓励学生通过大量阅读提升语文素养、涵养人文精神。人民文学出版社是新中国成立最早的大型文学专业出版机构,长期坚持以传播优秀文化为己任,立足经典,注重创新,在中外文学出版方面积累了丰厚的资源。为配合国家部署,充分发挥自身优势,为广大学生课外阅读提供服务,我社在总结以往经验的基础上,邀请专家名师,经过认真讨论、深入调研,推出了这套"语文阅读推荐丛书"。丛书收入图书百余种,绝大部分都是中小学语文课程标准和统编语文教科书推荐阅读书目,并根据阅读需要有所拓展,基本涵盖了古今中外主要的文学经典,完全能满足学生成长过程中的阅读需要,对增强孩子的语文能力,提升写作水平,都有帮助。本丛书依据的都是我社多年积累的优秀版本,品种齐全,编校精良。每书的卷首配导读文字,介绍作者生平、写作背景、作品成就与特点;卷末附知识链接,提示知识要点。

在丛书编辑出版过程中,统编语文教科书总主编温儒敏教授,给予了"去课程化"和帮助学生建立"阅读契约"的指导性意见,即尊重孩子的个性化阅读感受,引导他们把阅读变成一种兴趣。所以本丛书严格保证作品内容的完整性和结构的连续性,既不随意删改作品内容,也不破坏作品结构,随文安插干扰阅读的多余元素。相信这套丛书会成为广大中小学生的良师益友和家庭必备藏书。

人民文学出版社编辑部

2018年3月

# 目　次

导读 …………………………………………………… 1

盘古开天地 …………………………………………… 1
女娲造人 ……………………………………………… 3
女娲补天 ……………………………………………… 6
仙山的传说 …………………………………………… 8
精卫填海 ……………………………………………… 11
夸父追日 ……………………………………………… 13
后稷种五谷 …………………………………………… 16
舜和弟弟象 …………………………………………… 19
大禹治水 ……………………………………………… 28
孟姜女哭长城 ………………………………………… 31
阿里山 ………………………………………………… 37

世界最初的七天 ……………………………………… 41
亚当与夏娃 …………………………………………… 43
诺亚方舟 ……………………………………………… 46
巴别塔 ………………………………………………… 49
普罗米修斯 …………………………………………… 51

| | |
|---|---|
| 大熊星和小熊星 | 54 |
| 桂冠的故事 | 56 |
| 蜘蛛和蜘蛛网 | 59 |
| 神奇世界的诞生 | 62 |
| 斯瓦罗格和黑蛇 | 66 |
| 太阳和月亮翻脸 | 69 |
| 伊万和巨怪兽 | 74 |
| 严寒老人 | 85 |
| 金斧头 | 94 |
| 青蛙公主 | 97 |
| 爱歌 | 106 |
| 桃太郎的故事 | 108 |
| 富士山的传说 | 112 |
| 日食和月食的由来 | 116 |
| 为什么会有黑夜 | 120 |
| 动物与雷电 | 124 |
| 一千零一夜 | 126 |
| 阿里巴巴与四十大盗 | 130 |
| | |
| 知识链接 | 143 |

# 导　读

　　人类最早的故事往往是从神话传说开始的。当一个民族渐渐发展,开始对世界和自己的来源问题感到疑惑并做出各种不同的解答时,这正标志着文明的产生。这些形形色色的答案在现代人看来,都是些似乎荒诞不经的神话传说。可是,对人类初民来说,却是最合理的解释。他们对这些"神话"不断地进行不自觉的阐释和发挥,一代传一代,都坚信这就是宇宙、人类、自然万物的起源。神话反映了早期人类对宇宙、人类自身的思考及解释。什么是神话？马克思做过很精彩的阐释："任何神话都是用想象和借助想象以征服自然力,支配自然力,把自然力加以形象化;因而,随着这些自然力的实际被支配,神话也就消失了。"神话是"通过人民的幻想,用一种不自觉的艺术方式加工过的自然和社会形式本身"。因此,神话可以说是人类早期的不自觉的艺术创作。它往往借助想象和幻想把自然力和客观世界拟人化。

　　神话一般可分为三种类型:开辟神话、自然神话和英雄神话。

开辟神话反映的是人类初民的宇宙观,用来解释天地是如何形成的,人类万物是如何产生的。几乎每一个民族都会有这一类的神话,甚至还有不少有趣的相似性。譬如说关于造人,这本书中的《女娲造人》《世界最初的七天》《普罗米修斯》《斯瓦罗格和黑蛇》分别是中国、希伯来民族、古希腊和斯拉夫民族的造人神话。有意思的是,它们都认为人类是神用泥土造出来的。不同的仅是造人的神,在中国,是女娲;希伯来则是他们信奉的耶和华上帝;古希腊神话中则是普罗米修斯;在斯拉夫人那里,造人的神是斯瓦罗格和拉达这一对神仙夫妻。这几位造人之神的相同之处,就是他们都对人类充满慈爱和关怀。为什么各个民族会不约而同地认为人是泥土所造的呢?这是值得思考的问题。

第二类属于自然神话,是对自然界各种现象的解释。像《女娲补天》《仙山的传说》《精卫填海》《大熊星和小熊星》《为什么会有黑夜》《爱歌》《日食和月食的由来》等,对日月星辰、山川草木、风雨雷电、虫鱼鸟兽,乃至回声这样的自然现象是怎么产生的,做了很美丽的解释。

数量最多的是第三类——英雄神话,这类神话产生比前两者稍晚,表达了人类反抗自然的愿望,同时,也可说是人类某种劳动经验的概括总结。这时候,原始人类已经不再对自然界产生极端的恐惧心理,有了一定的信心,开始把本部落里具有发明创造才能或做出重要贡献的人物,加以夸大想象,塑造出具有超人力量的英雄形象。如中国古代的神农、黄帝、尧、舜、禹、后稷等。这里选编了《夸父追日》《后稷种五谷》《舜和弟弟象》《大禹治水》等。

中国古代神话散见于各种书籍,其中现存最早、保存最多的是《山海经》。像《精卫填海》《夸父追日》等就出自《山海经》。另外,《女娲补天》的故事见于《淮南子》《列子》,《女娲造人》则出自汉代《风俗通义》,《盘古开天地》来源于《述异记》的记载。另外,魏晋南北朝的笔记小说中也保存了一些神话故事。

西方的神话则更加丰富了。古希腊神话是成体系的,神与神的关系复杂而且完整,主要见于两部荷马史诗《伊利亚特》《奥德赛》,还有《神谱》《变形记》等,以及古希腊的悲剧和喜剧。古罗马的神话多是承袭希腊神话的,只改了人名。如宙斯在罗马神话中被称为朱庇特;天后赫拉则为朱诺;雅典娜称密涅瓦。著名的爱神维纳斯,在古希腊神话中原名阿佛洛狄忒。本书有五篇古希腊与古罗马神话,都是些非常知名的故事。其中表现的神都有和凡人相似的性情,比如宙斯的残暴,很像人间的君王。朱诺(赫拉)的嫉妒,雅典娜的智慧,也都表现得淋漓尽致。

古代希伯来神话来源于《圣经·旧约》,本书所选四则故事(《世界最初的七天》《亚当与夏娃》《诺亚方舟》《巴别塔》)全都取材于《旧约》第一篇《创世记》。内容都和希伯来人所信仰的上帝耶和华有关。由于基督教的广泛传播,上述的神话故事在西方可以说是家喻户晓,对西方文化有着巨大的影响力。我们只有对这些神话有一定了解,才能明白西方文明的文化背景。

这些神话反映了人类初民的宇宙观。其中寓含着原始科学、原始哲学、原始宗教的因素。相信有超自然的主宰,相信万物有灵,相信灵魂和神灵的存在等种种原始观念和意识,以及图腾崇拜、巫术信仰、自然崇拜、祖先崇拜等组成远古人类世界观。

神话传说是一个民族和国家的宝贵精神财富,在文学史上有着很重要的地位。它的题材内容和各种神话人物对历代文学创作及各民族史诗的形成具有多方面的影响,特别是它丰富奔放、瑰奇多彩的想象和对自然事物形象化的方法,与后代作家的艺术虚构及浪漫主义创作方法的形成都有直接的渊源关系。它为后世的创作提供了丰富的题材。不仅如此,神话还具有丰富的美学价值与历史价值,与远古的生活和历史有密切关系,是研究人类早期社会婚姻家庭制度、原始宗教、风俗习惯等很重要的文献资料。

此外,本书还选编了多篇世界各地的民间传说和民间故事。像《孟姜女哭长城》《阿里山》《桃太郎的故事》《富士山的传说》《阿里巴巴与四十大盗》《伊万和巨怪兽》《青蛙公主》《严寒老人》等。《桃太郎的故事》是日本民间著名传说,可以折射出大和民族坚定勇敢的精神。《阿里巴巴与四十大盗》是古代阿拉伯文学名著《一千零一夜》中的一个小故事。《一千零一夜》中有许许多多的美丽故事,如阿拉丁神灯、渔夫与魔鬼、辛伯达航海,这些都是我们很熟悉的,从这些故事里我们可以感受到阿拉伯民族和文化的特色。《伊万和巨怪兽》《青蛙公主》《严寒老人》是俄罗斯最具代表性的传说故事,带有浓厚的俄罗斯民族特色,充满想象。主人公是英雄人物,但他们有着同普通人一样的爱恨情感,读者和他们没有距离感。这些俄罗斯传说文字优美,带着淡淡的忧伤和轻轻的诗意,让人很容易联想到俄罗斯迷人的白桦树林和秋日里斑斓的原野。

民间传说的特点是:故事性强,一般具有固定的模式,主要靠口头流传。在一代一代的口耳相传中,内容都会产生一些删改、扩充。在不同地方流传后,也会逐渐产生不同的版本,在细节上会有很大的差异。这样使它日益丰富多样。比如《孟姜女哭长城》就带有很强的民间故事的特点。孟姜女的故事,来源很早。战国的《左传》和汉代刘向的《列女传》就已经对此有所记载,但那时孟姜女只是叫"杞梁妻",还没有自己的名字呢。故事发生在春秋时期,只有哭倒城墙的情节。经过一两千年民间的传播加工,现在我们看到的样子已经很不同啦。孟姜女成了瓜中生下的,丈夫名字改成了"范喜良",而且哭倒的是秦始皇的长城!哭长城反映了劳动人民对秦始皇暴政的痛恨,而秦始皇逼婚的情节表现了他的残暴、荒淫好色和愚蠢可笑。孟姜女则体现出劳动人民的聪明坚贞、善良勇敢、不畏强暴的品质。从民间传说中最容易看出底层劳动人民的喜怒爱憎,看出他们对强权与丑恶的鞭挞,对幸福生活的向往,对有金子般心灵的人物的歌颂。这些,有助于我们了解、体会祖国几千年来伟大的民族精神,正是这种精神构成了"中国的脊梁",只有继续发扬这种精神,才能更好地建设我们的国家。

这也正是我们编这本小书的用意所在。这些神话传说对现在的小读者来说,还是有着重要意义的。

人民文学出版社编辑部

## 盘古开天地

很久很久以前,在天和地还没有分开的时候,宇宙只是黑暗的一团混沌(hùndùn)[1],好像一个大大的鸡蛋。

人类的老祖宗盘古,就孕育在这黑暗混沌的大鸡蛋之中。

盘古在大鸡蛋中孕育着,成长着,呼呼地睡着觉,一直经过了一万八千年。有一天,他忽然醒了过来。睁开眼睛一看,啊呀,什么也看不见,四周只是漆黑模糊的一片。

盘古非常生气,大手一挥,手中多了一把巨大的斧头。他把斧头用力向眼前劈了过去,只听得山崩地裂的一声巨响,大鸡蛋忽然破碎了。像蛋清一样的那部分东西,慢慢向上飘升,变成了蓝蓝的天穹;那些重而浊的部分,则缓缓下沉,变成了大地。

当初混沌不分的天地,就这样被盘古的板斧一挥,分开了。

盘古担心天和地会再合拢到一起,于是他头顶着天,脚踏着地,直直地站在天地之间,用身体支撑着它们。天地之间的距离变小,他就变矮;天地之间的距离变大,他就长高。他随着它们的变化而不断变化,就是不让天地合拢。

天每天升高一丈,地每天加厚一丈,盘古的身子也每天长高一丈。这样又过了一万八千年,天升得极高,地变得极厚,盘古的身子也长得极长了。盘古的身子究竟有多长呢?有人推算,说是有九万里那么长。这巍峨的巨人,像一根长柱子似的,笔直地撑在天和地之间,不让它们有合拢重归于黑暗混沌的机会。

他孤独地站在那里,承受着凡人无法想象的艰难和痛苦,又过了数万年。到后来,天和地的构造已经相当巩固,盘古不用再担心它们会合拢在一起了。他实在需要休息休息。盘古放松身体,缓缓倒下来,像一个凡人一样死去了。

在盘古死去的一刹那,突然发生了神奇的事情:他口里呼出的气变成了空中的风和天上的云,他的声音变成了轰隆的雷霆(tíng),他的左眼变成了太阳,右眼变成了月亮,他的双手双脚和身体躯干变成了大地的四极和五方的名山,他的血液变成了大地上奔流的江河,筋脉变成了四通八达的道路,肌肉变成了肥沃的田地,头发和胡须变成了天上的繁星,皮肤和汗毛变成了大地上的花草树木,牙齿、骨头、骨髓等,变成了坚硬的石头和金银铜铁各种金属,身上出的汗,则变成了雨露和甘霖(lín)[2]。

就这样,人类的老祖宗盘古开天辟地,在他死后为我们留下了一个充满生命活力、富饶而美丽的世界。

**注释**

〔1〕混沌:模糊一团的样子。
〔2〕甘霖:指久旱以后所下的雨。

**想一想**

根据盘古开天辟地的神话,日月山河等万物是如何形成的?

# 女娲造人

很久很久以前，自盘古开辟天地之后，天上有了温暖的太阳、美丽的月亮和闪闪的星星，大地上有了险峻巍峨的山川、郁郁葱葱的草木，还有了活泼可爱的鸟兽虫鱼了，可是唯独少了一种生灵——人。处在这样的天地间，总是显得有些荒凉寂寞。

突然有一天，一个神通广大的女神出现了，她名为"女娲（wā）"。当女娲行走在这片原野上时，周围的景象让她感到非常孤独和寂寞。她觉得在这天地之间，应该添一点什么东西进去，让它生气蓬勃起来才好。

可是，添一点什么东西可以让这天地间变得生机勃勃起来呢？

女娲走啊走啊，偶然走到一个小湖旁边。清澈的湖水映出了她的面容和身影：她笑，湖水里的影子也对着她笑；她佯怒，湖水里的影子也对着她假装生气。她忽然眼前一亮：世间的生物形形色色，却独独没有如自己一般有喜怒哀乐的生物，为什么不创造一种像自己的生物来加入世间呢？

女娲用手从湖边拾起一团黄泥,和了水,拿在手里揉捏,捏成了第一个好像她自己缩微版的小东西。

她把泥捏的小娃娃一放到地面上,小娃娃马上活了起来,并且开口就喊:"妈妈!妈妈!"

紧接着他一阵欢呼雀跃,跳着,唱着,表达他拥有生命的喜悦。

女娲看着她亲手创造的这个聪明美丽的生物,满心欢喜。

她给心爱的孩子取了一个名字,叫做:"人"。

人的身体虽小,但他的相貌举动和飞鸟走兽完全不同,倒是与神很是相似。

女娲很满意自己的这个作品,于是,继续用黄泥捏出了许多可爱的小人儿。这些小人儿在她的周围跳跃欢呼,嘴里喊着:"妈妈!妈妈!"这使她精神上得到了很大安慰和满足。从此,天地间的孤独和寂寞便消散了。

女娲满心希望让大地充满这灵性可爱的人类。可是大地太大了,她工作了很久很久,也没有达成心愿,而她自己已经累得疲倦不堪了。

她抬起手擦汗,手上的泥点掉了几滴在地上。神奇的是,这些泥点转眼就变成一个个小人。这让女娲灵机一动,想出了一个绝妙的方法。她从树上扯下一根藤蔓,把它伸入泥潭里,搅拌着泥浆,然后将藤蔓向地面用力一挥,大小泥点纷纷溅落。这些泥点马上变成了许许多多小人儿,有高有矮,有胖有瘦。用这种方法造人,地上的人数明显变得越来越多,不久,大地到处就布满了人类的踪迹。

女娲心想,每个人最终是要死亡的,难不成死亡了一批再创造一批么？这总不是长久之计。怎样才能使人类在大地上永远生存下去呢？

后来女娲终于想出了一个办法。她把那些小人儿分为男人和女人，让男人和女人结合起来，自己去创造后代，并担负起养育婴儿的责任。这样，人类就世世代代绵延下来，并且数量一天比一天多了。

**想一想**

女娲为什么要创造人类？她是如何创造人类的？

## 女娲补天

女娲创造了人类之后,世间一片祥和,人类一直过着幸福安宁的日子。

不料有一年,水神共工和火神祝融,忽然打起仗来。这一仗打得异常猛烈,从天上一直打到凡间。战争的结果是,代表光明的火神胜利了,代表黑暗的水神失败了。

失败的水神共工,又羞又恼,觉得没有脸面再活在世间了,就一头向不周山撞去。这一撞不打紧,他自己没有撞死,可是他这一撞,却酿成了天大的祸事。

那不周山,原本是矗立在西北方的一根撑天大柱,共工却把这么重要的撑天柱子给撞断了,大地的一角也被他损坏了,世界因此发生了一场可怕的大灾难。

半边天空坍塌了下来,天上露出了许多丑陋的大窟窿,大地上也裂出了一道一道的深坑。山林燃起了熊熊大火,汹涌的洪水冲毁了村庄,岩浆从地底喷涌而出,森林顷刻间化为灰烬。除此之外,人类还遭受着那些从燃烧着大火的山林里逃窜出来的各种恶禽猛兽的残害。

看到这一切,女娲母亲心痛极了,可是她又很无奈,没有办法去惩罚那个可恶的捣乱者共工,只好自己想方设法修补这残破的天地。

补天的工作真是巨大而艰难,可是女娲大神为了人类的幸福与平安,不畏艰难,勇敢地担负起了这个重担。

女娲母亲杀了一条当时一直为祸人间的黑龙,砍下它的四条腿,用来支撑起大地的四角,后来人们称它们为"天柱"。柱子很是结实,天空于是没有再坍塌的危险了。

现在,女娲开始认真修补起天空中的大洞。她在大江大河里拾起了许多五色石子,把它们炼成五彩胶水,再将五彩胶水糊到天空的一个个窟窿里。

眼看着就要大功告成,却不料五彩晶石少了一块,天上还有一个大大的窟窿没有补好,眼见着天空随时都有再次崩裂的危险。为了不让之前所做的一切努力前功尽弃,为了让万物万灵不生活在水深火热之中,女娲毅然牺牲了自己的生命,将自己的身体化为天空的一部分,补好了天上最后的大洞。

从此以后,大地上又恢复了欣欣向荣的气象,天空中时不时会出现美丽的云霞和彩虹。春、夏、秋、冬四个季节流转,寒来暑往,天地间变得和谐了,一切井井有条。人类快乐地生活着,天真烂漫,无忧无虑,幸福而安宁。他们珍惜周围所有的事物,也铭记女娲母亲对他们的爱与牺牲。

**想一想**

这场灾难是由什么事情引起的?在这个神话传说中,天是靠什么来支撑的?你能描绘天空坍塌时的情景吗?

## 仙山的传说

　　残破的天地让女娲修补好了,但无法完全恢复原来的状貌。从此以后,西北的天空,就略有点倾斜,所以太阳、月亮、星星都不自觉地要落向西天;东南的大地,陷下了一个深坑,所以大川小河里的水,都要朝东南奔流,汇聚到这个深坑里,形成了海洋。

　　有人可能要问:大川小河的水,就这样一天天地不停向海洋里流,难道海洋就没有涨满的一天吗?如果涨满了,海水漫出来,人类岂不是就要遭殃了吗?

　　原来海洋是装不满的,因为据说在渤(bó)海的东边,不知道几万里的地方,有一条深沟大壑(hè)[1],这条大壑深不见底,名叫"归墟"。陆上百川和海洋里的水,通通都流到那里。归墟里面的水,总保持平常的状态,既不增加,也不减少——既然有这么一处无底深壑来容纳百川海洋的水,当然就用不着我们发愁了。

　　归墟里面,有五座神山,分别叫岱舆(yú)、员峤(qiáo)、方壶、瀛(yíng)洲、蓬莱。每座神山高三万里,方圆也是三万里。山上神仙居住的宫殿金碧辉煌,都是黄金筑造,洁白的汉玉石砌成亭榭楼台。身着洁白衣裳的神仙们,平日里修行炼丹,有时也在五座神山之间来回串门,探亲访友,过着逍遥快乐的生活。

但是在这快乐幸福的生活中,有一件事很是不爽:原来这五座神山漂浮在大海里,没有固定的根基,一遇到大风大浪,就随波漂流,没有安定之所。这对于那些喜欢热闹、经常往来聚会的神仙们来说,非常不方便。

神仙们向天帝诉苦,天帝知道了这种情况,也担心那几座神山哪一天漂流到天边去。因此天帝吩咐海神禺强,派十五只大乌龟,去把五座神山用背驮起来。每座山三只神龟,一只驮着,其余的两只在下面守候,六万年交换一次,轮流负担。

这样一来,神山稳定住了,住在山上的神仙们,开开心心、平平安安地过了许多万年。

不料有一年发生了意外。龙伯国的一个巨人来到东海玩耍,可是走了没有几步,这几座神山便让他周游了一遍。他实在闲着无聊,就拿了一根钓鱼竿,到大海中来钓鱼。巨人举起钓鱼竿在深深的海水里一甩,竟然接二连三地钓上来了六只大海龟。他喜出望外,背着这几只海龟,开开心心地回家去了。他哪里知道,自己钓上来的竟然是被天帝放在那里驮负神山的大神龟。可怜岱舆和员峤这两座神山,失去了神龟,没有了根基,随波逐流,慢慢漂流到北极,沉没在海底。住在这两座神山上的神仙们,不得不搬家。他们一个个慌慌张张地来回奔波,完全失去了平日里悠闲逍遥、自在潇洒的模样。

天帝知道了这件事情,大发雷霆,下令把龙伯国的土地削小,同时把龙伯国人的身高缩短,以免他们再出去惹祸。到了伏羲(xī)神农的时候,龙伯国人的身量已经缩短到不能再短了,但按照当时普通凡人看来,他们依然还有好几十丈高呢。

　　归墟里的五座神山,沉没了两座,还剩三座,就是蓬莱、方壶和瀛洲。剩下的那些大乌龟依然好好地用背驮负着神山,直到以后若干万年,再没听说出过什么乱子。

**注释**

　　〔1〕壑:这里指大水坑。

**想一想**

　　根据神话传说,日月星辰为什么东升西落?大海为什么不会涨满?五座仙山为什么只剩了三座?

# 精卫填海

太阳神炎帝有一个最钟爱的小女儿,名叫女娃。有一天,女娃驾着小船,到东海去游玩,不料海上起了很大的风浪,小船被打翻了,女娃不幸地淹死在海里,永远地离开了。炎帝非常痛念他的女儿,但却不能用他的光和热来使她死而复生,只得独自悲伤。

女娃的灵魂非常不甘心,她与大海无冤无仇,凭什么要这般对她!那不平的魂灵化作一只小鸟,被称为"精卫"。精卫长着彩色的脑袋、白色的嘴壳、红色的脚爪,大小有点像乌鸦,住在北方的发鸠山上。

她恨无情的大海夺去了她年轻的生命,因此她每天飞到西山去衔一粒小石子,或是一段小树枝,然后展翅向东飞去,一直飞到东海。她在波涛汹涌的海面上盘旋,把口中衔着的石子或树枝扔下去,想把大海填平。就这样,精卫鸟每天不停往返,不知疲倦,直到天很晚才会停下来休息,第二天天一亮便又飞出去。

大海奔腾着,咆哮着,凶神恶煞地嘲笑道:"小鸟儿,算了吧,你就算这样来回飞上一百万年,也休想把我填平。"

精卫在高空盘旋着,毫不畏惧地回道:"哪怕是飞上一千万年,一万万年,一直到世界的末日,我也发誓要把你填平!"

"你为什么这样恨我呢?"

"因为你呀——你夺去了我年轻的生命。将来,还会有更多无辜的生命,要被你无情地夺去。"

"傻鸟儿!哈哈哈……"大海得意地大笑。

精卫在天空悲声鸣叫:

"别得意,你这叫人悲恨的大海啊,总有一天我会把你填成平地!"

她飞翔着,啸叫着,离开大海,又飞回西山去,把西山上的石子和树枝衔来投进大海。她就这样往复飞翔,从不休息,直到今天。

如果你从西山到大海的路上遇到一只小鸟,长着彩色的脑袋、白色的嘴壳、红色的脚爪,外形似乌鸦,那么它就是女娃化身的精卫。也可能没有人见过她,但是她孜孜不倦、坚持不懈、锲而不舍的精神将永世流传,流芳百世。

**想一想**

精卫能靠自己的力量填平大海吗?

# 夸父追日

在远古时期，人类过的日子和现在有很大不同。那个时候，每天的白昼很短，夜晚很长，因为太阳照射的时间太短了，导致大地上的气温很低，经常会有人被冻死，人类的寿命很短。

那时有个巨人，名叫夸父。夸父每日看见太阳从东方升起，很快就又向西方下落，随即迎来了漫长的黑夜，直到第二天的早晨，太阳才再从东方出来。夸父心里想："每天晚上，太阳躲到哪里去了呢？太阳在天空的时间太短了，被无尽的夜晚冻死的人太多了，我要去追赶太阳，请求它，让它每天在天空中停留的时间多一些，好让大地上的光和热多一些，让人类获得的光明和温暖多一些。"

在原野上，巨人夸父提起长腿，迈开大步，如疾风般奔跑，向着西沉的太阳追去，一瞬（shùn）间就跑了好几千里。

夸父一路紧追慢赶，一直追到了禺谷。禺谷，也叫虞（yú）渊，就是太阳每天落下的地方。眼看离太阳越来越近，巨人夸父觉得越来越热，浑身滚烫。他感到喉咙里一种极其难耐的口渴，使他简直忍受不了。这当然并不奇怪，因为夸父被炎热的太阳烤着,加上如风一般快速奔跑了大半天,实在干渴极了,疲倦极了。

夸父俯下身子,去喝黄河、渭水里的水。他咕嘟嘟地喝了一大口,霎时间两条大河的水都被他喝干了,可是那烦躁而难受的口渴还是没有止住。

干渴和劳累,使得夸父不得不放慢了追赶奔跑的脚步。但是他拄着手杖,依然一步接着一步向着那即将落下的太阳走去,边走边喊道:"太阳啊!太阳啊!求求你,求求你等一下,求求你晚一点再落下,好吗?人们所受的夜,太长了,他们需要更多的光和热,请你每天在天空中多停留一会儿,再多一会儿,好吗?"

当夸父艰难地喊出这些话之后,他觉得嗓子都要炸裂开来,因为他离太阳越来越近,太阳的炙烤实在是太热了!于是夸父向北方走去,想去喝北方大泽里的水。北方大泽,又叫"瀚(hàn)海",在雁门山的北边,是鸟雀们繁育幼儿和更换羽毛的地方,纵横有千里宽广。这一处好水,可以让寻求光明和温暖的巨人夸父解渴。可惜他还没有到达目的地,就在中途口渴死了。

夸父颓(tuí)然[1]地像一座山那样倒了下来,大地和山河都因巨人的倒下而发出轰然的震响。这时,太阳正向虞渊落去,把最后几缕金色的光辉涂抹在夸父的脸颊上。夸父遗憾(yí hàn)地看着快速西沉的太阳,"唉——"地长叹一声,把手里拄的木杖奋力往前一抛,闭上眼睛长眠了。

第二天早晨,当太阳又从东方升起,用自己的金光来普照大地的时候,它发现昨天倒毙(bì)在原野上的夸父,已变作了一座大山,山的北边,有一片枝叶繁茂、鲜果累累的桃林,那就是夸父的手杖变成的。

太阳被夸父锲而不舍、舍身为人的精神感动了,它决定以后的每一天都在天空中多待一会儿,好给予人们更多的光明与温暖。于是,大地上每天终于有一半的时间是白昼、一半的时间是夜晚了。夸父的故事也流芳百世,被人们口口相传。他的故事激励着后人,使他们一个个精神百倍,奋勇地前行,不达到目的,决不休止。

**注释**

〔1〕颓然:无力衰败的样子。

**想一想**

"夸父"身上具有一种什么样的精神?他为什么要去追赶太阳?你认为"夸父"的死有意义吗?

## 后稷种五谷

在上古时期,当时的帝王名叫帝喾(kù),他的妻子姜嫄(yuán)出生于有邰(tái)[1]这个地方,年轻而美丽。

有一天,姜嫄到郊野去游玩,发现湖泊边的湿地上有一个很大很大的巨人足迹,非常惊讶。她实在感到好奇,忍不住迈脚踏上去,想和巨人比一比脚的大小。回来不久,姜嫄就发现自己怀了孕,十月怀胎,足月时顺利地生下一个壮壮的小男孩,非常可爱。

但是帝喾和妻子认为这个孩子的孕育不同寻常,担心他会给亲人带来不祥,决定把他丢弃,让他自生自灭。

一开始小男孩被抛弃在放养牲畜必经的小巷里。神奇的是,从小巷里路过的牛羊不但没有踩死这个孩子,反倒都来照顾他,在他身边围了一圈,保护着不让别人踩到,母牛和母羊还给他喂奶。

人们又把小男孩抛弃到荒无人烟的郊外,放在厚厚的冰面上。可是,人们刚一离开,天上的鸟儿们马上飞下来,用翅膀盖着他,层层羽毛让男孩非常温暖。他躺在寒冷的冰面上,摆动着小手小足嘹亮地啼哭。

他的母亲心软了,把他抱回来抚养。因为他曾经被抛弃过,父母就给他取名叫"弃"。弃,就是后来周民族的祖先,他从小喜欢农艺,长大后教人民栽种五谷的方法,所以后人尊称他做"后稷(jì)"。

后稷小时候做游戏,总是喜欢把野生的麦子、稻子、大豆、高粱以及各种瓜果的种子采集起来,用小手种到地里。这些麦谷成熟了,结的谷粒饱满硕大,瓜果也是又大又甜,和野生的完全不同。

后稷长大成人,他无师自通地用木材和石块制造出一些农具,并教给家乡的人们耕田种地。人们原本靠打猎和采集野果为生,生活非常艰难。在后稷手把手的传授下,他们逐渐学会了耕种,麦子、稻子、大豆、高粱的产量越来越大,各种瓜果的品种也越来越丰富,当地人们的生活越来越富足。

后稷教人种五谷、耕田犁地的事迹,被当时的帝王尧知道了。尧于是聘请后稷来做全国的总农艺师,让他教导大家都学会耕种。告别打猎和采集野果的日子,人们按照不同季节播种麦谷、种植各类瓜果,不仅收获大大增加,还可以在农闲的时候放松休息,生活变得多姿多彩,人们的寿命也变长了。舜继承尧做了帝王后,把有邰这个地方封给后稷。

后稷死了以后,人们为了纪念他,把他安葬在一个山水环绕、风景优美的地方,这就是有名的都广之野。传说,它方圆三百里,是天和地的中心,有名的神女素女便出现在这里。这里有膏菽、膏稻、膏黍、膏稷,各种谷物都自然生长,不论冬夏都可以播种。鸾鸟自由自在地歌唱,凤鸟自由自在地跳舞,灵寿木到时开花,草和树成堆地生长。各种各样的鸟兽,成群结队地在这里栖息。这里的草,不论冬夏都不会枯死。

**注释**

〔1〕有邰:在今陕西省武功西南。

**想一想**

后稷有哪些功绩?他的名字为什么叫"弃"?

# 舜和弟弟象

尧帝在位的时候,妫(guī)水边上一个普通农民的家里,生了一个婴儿,取名叫舜。孩子生下来不久,妈妈就生病去世了。瞎眼的爹爹瞽(gǔ)叟又娶了一个妻子。第二个妻子为他生了一对儿女,儿子名叫象,女儿名叫系。

瞽叟是个头脑简单、耳根子非常软的老头。他偏听偏信,把后妻的话当做圣旨,对后妻所生的儿子象和女儿系疼爱有加,可是前妻留下的儿子舜,并不放在心上。

舜的后母是一个心地狭隘、泼辣凶悍(hàn)的妇人。儿子象,像极了母亲,粗鲁骄横,在哥哥面前颐指气使,全然没有一点弟弟应有的本分和礼貌。小妹妹系,在母亲和兄长象的影响下也养成了一些坏毛病,不过为人本性还比较善良,并非天生刁妇。

舜常受父母的虐待,遇到实在吃不消的毒打,他甚至不得不逃到荒野里去。同父异母的弟弟象,不火上浇油已经是不错了,而妹妹系,自知身单力微,只能在一旁暗自叹息。

舜在这个家里实在生活不下去了,只好一个人出走,和他们分开单过。舜在妫水附近的历山脚下,搭了两间茅草屋,在屋旁开了一块荒地,独自安静地过着日子。

舜在历山耕种,和当地的农户相处得非常融洽和睦。他年轻力壮,开垦的荒地越来越多。在他的精心照料下,那些田地越来越肥沃,地里的庄稼收成比别人的要好得多。有人眼红舜,就偷偷地把他和舜相邻的田界挪了挪,霸占了舜的一部分肥沃田地。舜知道了不仅不生气,还主动地把那块田的一半都让给了对方。他说,自己一个人生活,又年轻力壮,可以再开荒种地;而那位邻居人多地少,家庭负担重,确实需要帮助。

历山当地的人们受到舜的德行感化,都争着相互让起田界来。

后来,舜到雷泽去打鱼,他的谦让友爱美德也带到了雷泽。不久,雷泽的渔夫也都争着让起渔场来;舜又到河滨去做陶器,说也奇怪,不久之后,河滨陶工做的陶器都又美观又耐用了。

尧帝渐渐老了,开始寻访天下的贤人,准备把天子的位置禅(shàn)让[1]给他。各部落族长们都积极推荐舜,说舜既贤孝又有才干,可以胜任管理天下之职。

经过一番考察,尧决定把他的两个女儿嫁给舜做妻子,她们一个叫娥皇,另一个叫女英。又叫他的九个儿子和舜在一起共同生活,看看舜是不是真正有德行和才干。尧把细葛布衣裳和琴赐给舜,又叫人替舜修了几间谷仓,还给了一群牛羊。

原本是普通农民的舜,这下子做了尧帝的女婿,骤(zhòu)然间显贵起来了。

瞽叟一家听说他们一直不待见的舜竟然发达了,现在又富又贵,大为惊讶,非常嫉妒。

其中嫉妒得最厉害的,要算是舜的弟弟象了。

原来舜的两个妻子,既美丽又端庄,使象艳羡不已。他谋划着设下一个圈套,把哥哥害死,然后夺过两个嫂嫂,给自己做老婆。对象的母亲来说,这正中下怀,她完全同意儿子的打算。瞽叟本来就善恶不分,又羡慕舜的财产,也同意设法干掉他,并吞他的家财,内心里并没有把舜看成自己的亲生儿子。

他们商量好了阴谋诡计,就迫不及待地想要付诸实施了。

一天下午,象来到舜的家,对舜说道:

"哥哥,爹叫你明天去帮他修一修谷仓,早点来啊!"

"噢,知道了,明天一定早来。"正在屋门前堆麦垛的舜,愉快地回答说。

象去了,娥皇和女英从屋子里走出来,问舜是什么事。

"爹要我明天一早去帮他修谷仓。"舜告诉她们说。

"你可不能去呀,他们要烧死你呢。"

"怎么办呢?"舜犹豫起来,"爹叫做的事,不去说不过去呀!"

娥皇和女英想了一想,说:"不要紧,去吧,明天你别穿现在的这一身衣服,我们给你换一件,你穿着它去就不怕了。"

第二天,娥皇和女英从嫁妆箱里拿出一套五彩斑斓(bān lán)、画着鸟形图案的衣服,给舜穿上。舜穿了这身花衣,前去给父亲修谷仓。

心怀鬼胎的象一家,看见舜穿了花衣前来送死,暗暗好笑,不过表面上还是招呼得非常殷勤。

他们欢欢喜喜地接待着舜,替他扛了梯子,引他来到一座高高的蘑菇形状的谷仓上面。

舜沿着梯子,爬上谷仓顶部,认认真真地在那里干起活来。

象和父母按照预先安排好的计划,迅速抽掉梯子,并在谷仓下面开始堆放柴火,准备烧死舜。

"爹,娘,弟弟,你们这是在干什么呀?"站在谷仓顶上无法下来的舜,看见地面上的一切,不安地问道。

"孩子,"后母恶毒地应声说,"送你上天堂去呀,去和你那亲娘好好团聚,哈哈,哈哈……"

"哈哈,哈哈,哈哈……"瞎眼的爹也跟着笑,好像谷仓顶上站着的不是他亲生的一样。

象一面在下面点火,一面开心地大笑:"哈哈,哈哈……这一下你可逃不了了——我看你还能飞上天去!"

谷仓的四周,燃起了熊熊的大火。舜在谷仓顶上惊慌起来,满头大汗。原来仓促之间两位妻子忘了告诉丈夫新衣服的奇妙功能,舜以为自己这次死定了。他张开两只手臂,仰头高呼:"天呀……"

就在这一张开手臂、露出新衣服上全部鸟形图案的瞬间,舜在火光烈焰当中,变成了一只大鸟,嘎嘎地鸣叫着,直朝天空飞去。

父亲、后母和弟弟象看到这惊人一幕,一个个吓得呆若木鸡,半晌不能动弹。


阴谋没有得逞,象一家并不甘心,他们再生一计。

这一回父亲决定亲自出马。"儿呀,那回事情一家人真是做得万分糊涂,务必请你原谅……"瞎眼的爹坐在舜的家门前,手里的竹棍敲着台阶,厚着脸皮说,"这次爹又要劳烦你去帮忙淘一淘井,你的弟弟太不成器,他根本干不了这活啊。你可一定要来,别让爹空跑一趟!"

"爹放心,明天我一定来。"舜温和地说。

爹去了,舜把爹的来意告诉了两个妻子。妻子们都向他说:"这一回也还是凶多吉少。但是,不要紧,你去吧。"

第二天,娥皇和女英给舜一件画着龙形图案的衣服,让他穿在衣服里面,到了危急时候,只要脱去上面的旧衣服,就会有奇迹发生。

舜照着妻子们的嘱咐,穿了龙纹衣服在旧衣服里面,去给爹淘井。后母和象一见这次舜穿的是日常衣服,暗暗得意,以为这一回舜是必死无疑了。

舜带着淘井工具,顺着绳子,下到深井里面去。哪知道刚一下去,绳子就被割断了,紧接着,大小石头和泥块从上面倾泻下来。舜赶紧脱去了外面的旧衣服,他马上变成了一条披着鳞甲的龙,钻进地底深处的黄泉,然后从另外一眼井里钻了出来。

地面上的父亲、后母和象,用石块和泥土把井填满,并在井上使劲踩踏着,欢天喜地地手舞足蹈,以为舜这次必定丢了性命。他们来到舜的家,准备接收他的老婆和财产。小女儿系也跟着去看热闹。

接到凶信,娥皇和女英一时不知真假,转身回到后面的屋子里,忍不住伤心地哭了起来。得意忘形的象在堂屋里和爹妈开始商量如何分配死人的财产。

两位嫂嫂悲哀的哭声,让妹妹系深感良心不安。她觉得家里人做的事太残忍和卑鄙,而自己见死不救,也同样卑鄙可耻。她正想着,忽然看见哥哥舜从外面走了进来,神情和平时一样,好像什么也没有发生过。

舜竟然死而复生,这让屋子里的人都骇得目瞪口呆。过了许久,大家才断定舜确实是人而不是鬼。他们逐渐恢复了常态,象装模作样地说:"哥哥,我正在想念你,很伤心难过呢。"

天性宽厚仁爱的舜,在经过这两次事件后,对待父亲和后母还是像先前一样地孝顺,对待弟弟也还是一样的友爱谦让。妹妹系因此深受感动,开始与哥哥嫂嫂真诚地和睦相处了。

象和父母依然不死心,又定下新的阴谋:假意请舜来喝酒,把他灌醉,然后杀死他。

妹妹系得知了这一阴谋,赶紧悄悄跑去告诉两个嫂子知道。

两位嫂嫂听了,笑着对她说:"谢谢你!放心回去吧,我们自有办法对付他们。"

象果然来邀请舜了。他对舜说道:"之前发生的两件事情,是我们对不住你。爹妈特地备办了点酒菜,想跟哥哥表示歉意。还请哥哥务必赏脸,明天早点过来。"

象走了以后,舜有些犹豫了。虽然他生性仁厚,但是弟弟他们接连两次企图加害于他,让他不得不好好考虑。他问两位妻子:"去还是不去呢?——不知道他们又要玩什么花样!"

"怎么不去呢?"妻子们都说,"去吧,不要担心。"

她们走进屋子里,从嫁妆箱里拿出一包药粉来,递给舜说:"这药拿去,好好洗个澡。明天你去喝酒,包你不出事故。——厨房里水已经替你烧好了。"

舜听了妻子们的话,拿上药,舒舒服服地洗了个澡。第二天,他穿上一身干净衣服,便到父母家去赴宴。

父亲、后母和弟弟象,假意殷勤,欢欢喜喜地招待着舜。他们摆上了丰盛的酒宴,一起坐下来喝酒。磨得锋利的板斧已经预先藏在门后角落里;筵席上,一片"干杯啊,干——干……"的劝酒声不断。

无论是大盅还是小杯,凡是递给舜的酒,他都接过一饮而尽,并不推辞。一杯接着一杯,也不知喝了多少,连那些劝酒的人都醉意浓浓,说话颠三倒四,站也站不稳,而舜还笔直地坐在那里,就像没沾酒一样清醒。

最后,家里的所有酒坛都喝空了,桌上的菜肴(yáo)吃得光光的,再也拿不出什么东西来待客了。心怀鬼胎的父亲、后母和象,眼睁睁地看着舜抹了抹嘴唇,很有礼貌地向他们告辞,神定气闲地回家去。

听了女儿和儿子们对他们与舜一起生活的详细讲述,尧认为舜的确是一位既贤孝又有才干的青年,可以传给天子的重任。在正式传位之前,尧对舜做了最后的考试。

考试的内容,就是把舜送到一座即将迎来雷雨的大山林里去,看他独自一人用什么办法走出山林。

舜行走在深山密林里,没有一点儿恐惧。毒蛇见了他,远远地逃去;虎豹豺狼见了他,也丝毫不敢侵(qīn)害。一会儿,暴风雨来了,森林里一片漆黑,只有不断的霹雳(pī lì)和闪电偶尔短暂地照亮四周。倾盆大雨久久不停歇,周围的树木盘根错节,像精怪披头散发地迎面而来,完全分不出东西南北。这时候的舜,表现出了他勇敢智慧的一面。他在千奇万变的雷电交加、雨线密布的森林里走着,根据风向、树枝的繁茂情况、草地的丰茂程度,还有林间溪水的流向,谨慎判断着自己所在的方位,努力选择安全的路,一直向前走着,走着,既不惊慌失措,也不捶胸顿足。最后,他终于顺利地走出了这座山林。

经过了最后的这场考试,尧正式把天子的位置禅让给了舜。

舜做了国君之后,坐着马车,在天子仪仗队的护卫下,回家乡去拜见父亲瞽叟,还是像从前一样恭敬孝顺。瞎眼父亲这时候终于明白儿子一直是好儿子,是自己糊涂不明事理,错待了他。父亲真心诚意地改过向善了,并为有这样出类拔萃的儿子自豪。

舜见过父亲,又把桀骜(jié'ào)[2]难驯的弟弟象封到有鼻这个地方去做诸侯。象受封以后,被哥哥的仁爱宽大所感动,从此一心为民,成为一个有用的好人。

舜做国君的几十年中,像尧一样,做了很多有利于人民的事情。晚年的舜到南方各地去巡视,中途死在苍梧。噩耗(èhào)[3]传来,全国人民都像失去了最亲近的人一样的悲哀。

舜的两个共患难的妻子娥皇和女英,听到这不幸的消息,悲恸欲绝。她们先是坐着马车,然后换船,一路向南去奔丧。她们伤心地哭泣着,眼泪洒在南方的竹林中,每根竹子上都挂着她们斑斑点点的泪痕,所以后来南方便有了斑竹,又叫"湘妃竹"。

娥皇和女英的船行走到湘水,不幸遇到风浪,船被打翻了。她们两人淹死在江中,死后就成了湘水的水神。

舜死以后,人民把他安葬在苍梧九疑山的南面。

在九疑山的山脚下,每年春秋两季,人们都会看见一头长鼻大耳的巨象,来耕舜的祀(sì)田。大家都很奇怪,不知道这头巨象从哪里来,又为什么要来到这里替舜耕田。直到有一天,人们看见一个从远方来的黑胡子男人跪在舜的坟墓前伤心地哭泣,哭着哭着他就变成了一头大象,跑下山去替舜耕起田来。这时,大家才明白,原来这个黑胡子男人是舜的弟弟象,他真心忏(chàn)悔以前的过错,情愿化作一头象来替哥哥耕田。

象去世以后,人们就在舜的坟墓附近建造了一座亭,叫做"鼻亭"。亭里供奉着象的神位,叫做"鼻亭神"。这一对同父异母的兄弟,在死后终于相亲相爱地住在一起,永不分开了。

**注释**

〔1〕禅让:帝王把帝位让给别人。

〔2〕桀骜:性情倔强。

〔3〕噩耗:极度不好的消息,这里指亲近的人死亡的消息。

**想一想**

舜的父母和弟弟都想了哪些方法来陷害他?他是如何脱难的?

# 大禹治水

在尧帝后期,全国遭受了特大洪水的灾害。大地上一片汪洋,田地、房子都被淹没。人们失去了居住的地方,连吃饱饭都成了问题。这场洪水,就是那个和火神打仗不胜、头撞不周山的水神共工酿下的祸根。

尧看到大水为害,忧心如焚,尝试着各种办法想早日解救受苦受难的人们。

刚开始,他派一个叫鲧(gǔn)的人去治理洪水。鲧为了在限期内完成任务,想方设法去天庭偷来息壤,因为他听说息壤是一种生长不息的土壤,只要一点扔到大地,马上就会生长出许许多多的土壤,堆积成山,洪水也就得到拦阻。

鲧得到了息壤,马上带着它沿着洪水泛滥的方向前进。这东西果然灵妙,只要撒下一点点,就可以不断生出土壤积山成堤,汹涌的洪水失去了威力,慢慢平息。一片片田地露出来了,到处开始冒出绿绿的新芽。人们从山洞里走出来,又可以重建家园了。

但是,天帝知道了息壤被偷的消息,非常震怒,派了火神祝融下凡,杀死鲧,夺回了剩余的息壤。

没有了息壤的庇护,洪水又开始泛滥,人们不得不再次逃离家园。

鲧的儿子禹长大时,尧帝已经传位给了舜。禹请求舜帝允许他继续父亲没有完成的事业,发誓一定要治好洪水。

禹得到神灵的暗示,唤来应龙,让应龙走在前面,拿它的尾巴画地。顺着应龙尾巴指引的方向,禹带领人们开凿河川、疏通水道。就这样,利用水从高向低流的自然趋势,顺着地形把堵塞的川流疏通,把洪水引入疏通的河道、洼地或湖泊,最后把洪水引到了东面的大海,从而完全平息了水患。那时开凿的水道,就成为我们今天的大江大河。

禹治理洪水,直到三十岁,还没有结婚。当他走到涂山的时候,他心想:"我的年龄已经很大了,应该结婚了。"禹便娶了一个涂山氏的女儿做他的妻子。

为了治水,大禹曾经三次路过家门而不入。第一次经过家门时,听到他的妻子因分娩而在呻吟,还有婴儿的呱呱啼哭声。随行的人劝他进去看看,他怕耽误治水,没有进去。

第二次经过家门时,儿子已经周岁,在妈妈怀中向他招手。可那时正是治水最关键的时刻,他只是向妻儿挥手打了下招呼,就继续向前赶路。

第三次经过家门时,儿子已长到十多岁了。孩子一看到父亲,马上跑过来,想拉他回家。禹只是摸了摸儿子的头,跟他说,水患还没有治好呢。就又匆忙离开了。

禹三过家门而不入的美谈,至今仍为人们所传颂。

经过许多艰难和困苦,洪水终于给禹治理平息了。禹平治了洪水，人们得以安居乐业，重新过上幸福的日子。那时，舜帝渐渐老了，大家就拥戴禹继承舜帝做了天子。

禹在位的时候，替人民做了许多有益的事。后来他到南方去巡视，走到会稽地方，生病死了，群臣就把他埋葬在那里。

如今会稽山还可看到一个大孔穴，称为"禹穴"，据说就是禹埋葬的地方。

**想一想**

鲧是如何治理洪水的？禹又是如何治理洪水的？

## 孟姜女哭长城

相传,孟姜女从小是一口瓜,在瓜秧上长着。

在八达岭下,住着两户人家。两家院子一墙隔开,墙东是孟家,墙西是姜家。几十年过去了,孟家和姜家相处得和和睦睦,亲亲热热,就跟一家人一样。

这一年,孟家种了棵瓜秧,藤蔓顺着院墙爬,结了一个瓜,竟然在墙西姜家那边儿挂着。瓜长得长长圆圆,等到成熟的时候,瓜非常大。准备摘瓜了,可是一瓜跨两院,怎么办呢?孟家人拿刀把这瓜切开,打算一家分一半。

瓜一切开,只见里面金光闪闪,竟然没有瓜瓤,也没有籽儿,端坐着一个小姑娘,又白又胖,大大的眼睛晶晶亮。孟家和姜家恰巧还没有她这么大的娃娃,非常欢喜,决定两家一起来养育这个女孩。一年小,两年大,三年长得盛不下。转眼间,小姑娘已经八九岁了。两家出钱,请了个先生,让女孩读书。读书得起个名啊,孟家说:"叫什么呢?"姜家回答:"这是咱们两家的后代,就叫孟姜女吧。"

孟姜女读书的时候,正好是秦始皇下令开始大修长城,这长城经过八达岭。官府把修长城的徭役摊派下来,每家都要出劳工。没有男丁的人家,就交钱抵徭役。派去修长城的劳工轻易不许回家,如果偷偷逃跑,官府就会派兵把人抓回来。工程不完成,基本就没有回家的希望。修长城是在北边的边境上筑一道高高大大、厚厚实实的城墙,不让敌国的人侵犯。因此,修长城也叫修边,是一件非常辛苦的差事,很多人在工地被累死或者饿死了。

有一天,先生因故没来,孟姜女就给自己放假,沿着院子外的小路溜达,不知不觉走到了村边的大树下。这棵大树,是孟姜女小时候最爱来的地方,因为树干上有一个大洞,里面可以藏人,孩子们在这里捉迷藏,玩得非常开心。

孟姜女走到大树跟前,和往常一样,往树洞里探头,看里面会不会有小松鼠啊什么的小动物。她刚把头凑近去,就吓得赶紧缩回来,差点叫出声。树洞里坐着一个陌生男子!孟姜女她们村子不大,只有几户人家,相互都认识。因此,只要来陌生人,一下就能辨认出来。孟姜女是一个很勇敢的姑娘,又跟着先生念了几年书,见识胆量自是比一般女子强不少。她很快镇定下来,对着树洞说道:"你是谁?为什么要藏在这里?"

从树洞里慢慢爬出一个年轻男子。孟姜女一看,他穿着粗布衣裳,鞋子已经有些破了,满脸疲倦的样子,不过眉眼还比较清秀,尤其是一双眼睛炯炯有神,大大方方地看着她,目光温和。面前的这个人不像游手好闲、惹是生非的孟浪小子,孟姜女暗暗放心了一些。

经过询问,原来这个陌生人名叫范喜良,他本来是都城咸阳的一个书生,一年前因受到冤枉官司牵连,不得不远离家乡,逃难到外地。一路上,他靠给人打短工挣些盘缠,阴差阳错地来到了八达岭,正赶上当地官府抓丁修边,他情急之下,发现一棵树上有一大洞,深可藏人,就暂时藏在那里。没想到,被孟姜女发现了。孟姜女看他说话实在,又是念过书的人,识文断字,就带他回家,请父母商量,看有没有什么办法能帮到这个落难之人。

孟姜女的父亲孟老爷问:

"范喜良,你们家遭遇了什么官司啊?"

"孟老爷,我实在是冤枉。咸阳城里有几个炼丹术士妖言惑众,被人举报到了官府。倒霉的是,这些术士就住在我家隔壁。官府来抓人,把一条街的读书人都抓起来了,说是不能有漏网之鱼。他们严刑拷打,要大家互相检举揭发,最后有好几百人都被牵连进来。事发之时,我正好外出探望病中的舅舅,这才躲过一劫。时至今日,这件案子还没有结案。父母本来年纪大了,身体也不好,被官府一折腾,半年前去世了。我没有兄弟姐妹,父母也不在了,现在已是无家可回。"

孟老爷找来姜老爷一起商量,决定把范喜良留下,暂时让他渡过眼前的难关。孟姜女虽说是两家一起抚养,平日里在孟家住的日子居多。因此,姜家腾出了一间空房让范喜良住下。

"你暂时在这儿住下,等咸阳那边的情形好起来,你再回去不迟。"就这样,范喜良留了下来。

范喜良是一个懂事勤快的后生,他并不在姜家白吃白住。虽然是一个书生,但是一年的逃难生活让他学会了不少,现在肩能担,手能提,挑水打柴、耕田犁地,样样活计他都抢着做。孟家姜家看在眼里,喜在心上。

时间过得真快,转眼两年过去了。咸阳那边一直没有消息传来,范喜良逐渐习惯了在姜家的生活,和孟家上下也处得像一家人。一天,姜老爷对孟老爷提议说:

"我看范喜良人不错,孟姜女也大了,他们倒是不错的一对儿。"

孟老爷一听,正中下怀,说:"我也琢磨这事儿呢,就是不知两个孩子如何想?"

两人私下里分别和孟姜女、范喜良说了说,试探他们的口风。两个孩子其实早已相互倾心,只是碍于面子,彼此把好感和爱慕藏在心底。孟家和姜家于是就把这门亲事定下了,形式上孟家嫁女,姜家娶亲,实际上两家还是一墙相依的大家庭,而且比之前更加和睦了。

范喜良和孟姜女成亲以后,男耕女织,夫妻恩爱,孝敬父母,善待邻里,生活甜甜蜜蜜。可是这样的好日子不长,因为乡里开始新的一轮征用壮丁去修长城,这次孟家和姜家未能幸免。

官府的命令不能违抗,范喜良没有办法,告别妻子和家人,跟随壮丁队伍,来到八达岭工地修长城。

寒冷的冬天马上就要来临,孟姜女非常思恋丈夫,担心他在工地上吃不饱,穿不暖,累了没有人照顾,决定去探望他。她日夜赶着织布,为丈夫缝制棉衣,又蒸了许多馒头做成干粮。一切都准备好了,孟姜女和父母说:

"爹、娘,我实在放心不下喜良。马上天就要变冷了,我去给他送些棉衣,顺便看看他是不是都安好。你们别担心,我见到他,把东西交给他,马上就回家来。"

孟姜两家老人非常不舍得女儿出远门,但是他们也放心不下范喜良,知道小两口相亲相爱,不能拦阻。老人们再三叮嘱女儿一路小心,就让她上路了。

八达岭长城,距离孟姜女的家不算太远,有一百多公里。但是那时道路崎岖,很少有马车,交通非常不便。孟姜女晓行夜宿,走了三天三夜才找到了修长城的工地。

到了工地,她四处打听,可是那些劳工没有人知道范喜良在哪里。孟姜女没有办法,只能一个墙垛一个墙垛挨着寻找,见人就问。过了好些天,她都快把八达岭长城绵延几百里的工地走遍了,依然没有一点儿消息。

就在孟姜女快要绝望的时候,她遇到了一支专门收容病号的劳工队伍。她抱着最后一线希望,向他们打听范喜良。没想到,等待她的竟然是噩耗!

"范喜良已经死了。他刚来不久,就染上了疫病。这里缺医少药的,根本没有办法治。凡是染上疫病的,只有死路一条。"那些劳工告诉孟姜女。孟姜女顿时感觉天旋地转,天哪,她无论如何,也想不到会是这样的结局。

"他埋在哪里了?他的坟呢?"孟姜女伤心不已,说话都有些语无伦次了。

劳工说:"唉,修边的人死了,哪里还会有人管埋啊?他们一死,就直接被填进了城墙。"

孟姜女找到了范喜良病死的地方,扶着城墙,号啕大哭起来,哭得天昏地暗。正哭着,只听"哗啦"一声,她面前的那段长城倒塌了,露出来范喜良的尸首。孟姜女抱着死去的丈夫,哭得死去活来。

秦始皇很快就知道了长城倒塌的消息,大发雷霆,命人把孟姜女尽快押送进宫。他想看一看,究竟是什么样的女子,能把固若金汤的长城哭倒。秦始皇一见到孟姜女,就被她的美貌和凛然正气所征服。他对孟姜女说:

"假如你答应做我的妃子,我就免了你的死罪,也不株连你的家人。假如你不答应,那就按照大秦律法来严办。"

孟姜女知道强拗不过,假意答应说:"我可以做你的妃子,但有一个条件。你要请高僧做法事,为我丈夫超度往生。"

秦始皇满口答应。他吩咐请来高僧,搭起彩棚,为范喜良超度亡魂。孟姜女悲恸欲绝,她为死去的丈夫穿上自己亲手做的棉衣,把他安葬了。然后趁人不注意,她一头撞到长城城墙,倒地死去。

秦始皇后悔不已,但是人死不能复生,他也没有办法,只好不了了之。

**想一想**

在孟姜女的传说中,秦始皇是一个什么样的皇帝?历史上的秦始皇是一个什么样的皇帝?

# 阿 里 山

在台湾嘉义县的东面,有一座海拔三千多米的高山,名叫阿里山。山上是一片片茂密的原始森林,这里一年四季花香鸟语,是台湾有名的游览胜地。

阿里山主峰的东侧,长有一棵参天红桧古树,树身略倾侧,主干已折断,但树梢分枝却苍翠繁茂。树高52米左右,树围约23米,十几人才能合抱。红桧大树青翠挺拔,遒劲苍郁,据说,它生于周公摄政时代,算来已经有了三千多岁,因此被人们尊为"阿里山神木"。

自古以来,关于阿里山的传说许许多多,每一个都非常生动,非常引人入胜,其中有一个传说是这样的:

从前,这座山并不叫阿里山,而是叫秃山,因为山上山下根本看不到一棵树、一株草,或者一朵花。

在这座秃山北面的一个山坳里,住着一个靠打猎为生的小伙子,名叫阿里。

有一天,阿里在山坳的北坡上打猎,突然看见山下有一只老虎,正追赶两个年轻姑娘,姑娘们被吓得面色如土,拼命向前跑。

眼看着老虎就要追上来了,阿里情急之下,搭弓远射,向老虎射了一箭。这支箭深深地射入老虎的右前腿,老虎疼痛难耐,停了下来。阿里飞速赶到,骑到虎背上,给受伤的老虎补了一刀,老虎被打死了。两个姑娘得救了。

阿里刚要回北坡继续打猎,只见不知从哪里冒出来一个手拿龙头拐杖的白胡子老头,老头笑眯眯的,拉着两个姑娘的胳膊就走,两个姑娘奋力反抗。阿里是血气方刚的年轻人,他见这两个姑娘刚脱离虎口,又要遭到这个不知哪里来的老头欺负,心里非常不平。

他大喝一声:"住手!"随即一个箭步冲到那个白胡子老头面前,夺下他的龙头拐杖,照着老头的前额狠狠敲打了一下。那老头的前额立刻鼓起了一个大包,老头痛得龇牙咧嘴,不由得放开两个姑娘,他一甩两只袖子,转眼就不见了踪影。

阿里好生纳闷,正在这时,天空中响起隆隆雷声,雷声由远而近,越来越大。刚刚舒了一口气的两个姑娘,吓得变了脸色,说道:

"坏了!坏了!要出大祸了!"

阿里奇怪地问:

"这是怎么回事?"

两个姑娘回答说:

"我们本是天上的仙女,听说台湾岛风景优美,忍不住偷偷下凡来看一看。没想到遇见了老虎,幸亏你救了我们的性命。但是我们私自下凡,已经被玉皇大帝知道了,他派太白金星下来捉拿我们回天宫治罪。刚才那个白胡子老头,就是太白金星。你是凡人,认不出他来,以为他是坏人把他打跑了。太白金星已经把这件事禀告玉帝,玉帝大发雷霆,下令让雷神用神火烧死这一带的生灵。这些雷声,就是雷神走在路上的响动。"

阿里一听,大惊失色,他问:

"有什么办法能躲过雷神的天雷神火吗?"

两个仙女说:

"现在唯一的办法,就是跑到南面那座秃山顶上,把雷火引开,那里没有生物,雷火无法蔓延,这样就可以保住周围的生灵了。阿哥你快些走,躲得越远越好,我们马上到秃山顶上去引雷火。"

阿里说:

"不,哪能让你们去。太白金星是我打的,让我去引雷火吧!"

他说着,手里拿着太白金星的龙头拐杖,向南边的那座秃山飞奔而去。不一会儿,阿里就爬上了秃山山顶。他仰起头,朝着天空高声喊道:

"雷神!太白金星是我打的,那两个仙女也是我放的,这都与别人无关!一人做事一人当,你那雷火,朝我阿里身上来吧!"

这时,雷神正好来到秃山上空。他举起雷钻和闪锤,只听"轰隆"一声巨响,一个炸雷把阿里的身体击成粉碎,雷火在秃山顶上熊熊燃烧起来。但是这座山上原本寸草不生,雷火还没燃烧到半山腰,就自己熄灭了。

勇敢的阿里被雷火劈死了,在他死后,这座秃山满山遍野长出了大片大片的树林。在山峰的东侧,耸立着一棵参天大树,不过树的主干从半折断,倒下的树枝斜着向上生长。人们都说,这些树木,是阿里被雷火击碎了的皮肉和头发变成的,那棵神木,则是太白金星的龙头拐杖变的。

那两个仙女,见到这种情景,非常感动,两人也不愿意再回到天上,决定在地上陪伴阿里。她们化身成鲜艳的花朵和绿油油的青草,散落地长在茂盛的树林之间。

从此以后,这座秃山就有了茂盛的树木和种类繁多的鲜花绿草。人们为了纪念舍己为人的好后生,就把这座山改叫阿里山。

**想一想**

阿里山上的花草树木是怎么来的?那棵神木是什么变的?

## 世界最初的七天

最初的时候，世界是混沌一团，没有天，没有地，更没有万物生灵。宇宙中只有一位神，他就是上帝耶和华。

耶和华在这个混沌的空气中不停地飘飞，而周围漫无边际的黑暗使他感到十分憋闷。他自言自语道："如果有光照亮这个世界就好了。"

突然，宇宙中充满了光明。原来，耶和华是无所不能的上帝，所以他的意愿一定会成为现实。耶和华面对着光明的世界，心里十分满意。他为这光明起名叫"白昼"，为以前的黑暗起名叫"夜晚"。他又规定了白昼和夜晚的交替出现，一昼夜为一天。以后，以色列人将日落作为一天的开始，到了第二天的落日为结束，就是因为黑夜是先于白昼出现的。

这一天，正是黑夜与白昼的第一次交替，于是被称为世界的第一天，耶和华为世界创造了光明。

第二天，耶和华创造了空气，并把天上和地下的水分离开。

第三天，耶和华将地上的水汇合在一起，形成江、河、湖、海，从而使大地露出来了。但这时的地面光秃秃的，十分空旷，耶和华便命令道:"让大地上长出花草、树木、瓜果和蔬菜吧!"话音刚落,大地马上变得郁郁葱葱,长出了各种各样的植物。到处繁花簇簇,树木枝繁叶茂,瓜果飘香,耶和华心里十分欢喜。

第四天,耶和华观看天上,觉得天上空荡荡的有些单调,便创造了两个发光的物体放到上面,并为大的取名为"太阳",小的起名为"月亮",让它们分管白昼和黑夜。夜晚的月光清幽,略显冷清,耶和华又创造出许多亮晶晶的小星星陪伴它。

第五天,耶和华把目光投向了大海和空中,他感到那里太空旷,于是造出各种各样的鱼和水生动物,把它们放到水里,让它们在水中自由自在地嬉戏;又造出各种各样的飞禽走兽,让它们在天空中自由自在地飞翔,或在大地上奔跑。大海和天空因此变得热闹起来。

到了第六天,耶和华按照自己的样子,用泥土捏了一个泥人,并为他起名叫"亚当"。耶和华朝亚当的鼻孔吹了一口气,亚当立即变成了活人。耶和华微笑地向他祝福道:"我把世界上的一切生物都交给人来管理,愿人类永远昌盛,遍布世界!"

耶和华用六天时间创造了世界,到了第七天,他感觉世界上一切都已经完备,实在不需要再创造什么了。于是,耶和华在这一天便休息了,后来基督徒把这天称为"圣日"(也称安息日)。

这就是现在一周七天的由来,在西方基督教的地方,到了周日(圣日)上午,所有的基督徒都要去教堂做礼拜的,同时规定周日是休息的日子。

想一想

在世界的最初七天里,耶和华都做了什么?

## 亚当与夏娃

耶和华用地上的泥土造人,将生气吹在他鼻孔里,他就成了有灵的活人,给他取名亚当。耶和华在世界的东方建了一个花园,叫伊甸园。园子里四季如春,气候宜人,有各种各样的树,枝叶斑斓可以悦人眼目,其上的果子香甜可口,可作食物。园子当中又有生命之树和辨别善恶的智慧之树,有河水流淌滋润着园子。

耶和华让亚当住在伊甸园,不必辛苦劳作。亚当平日里在院子四处闲逛,饿了,可以采摘树上的果子充饥,困了,就随处睡觉休息。

耶和华告诫亚当说:"园子里任何树上的果子,你都可以吃,但是园子中间的生命之树和智慧之树,它们的果实不可碰,更不能吃。如果你吃了,就会死去。"

亚当答应了。他一个人在伊甸园里生活得安逸逍遥,就是有些寂寞孤单。

耶和华说:"他一人太过寂寞,我要为他造一个伴儿来陪他。"上帝使亚当沉睡,然后从他胸上取下一条肋骨,再把胸膛合起来。耶和华用亚当身上所取的这根肋骨,造成一个年轻美丽的女人,领她到亚当跟前。

亚当说:"这是我骨中的骨,肉中的肉,可以称她为女人,因为她是从男人身上取出来的。"

亚当给妻子取名夏娃,意思是"万众之母"。当时夫妻二人,赤身露体,并不羞耻。

正因为夫妻本是骨中骨,肉中肉,所以人一旦长大,就会离开父母,与妻子连合,二人成为一体。又因为他们是一体的,所以夫妻相对时,即使没有衣服遮体,也并不觉得羞耻。

耶和华用土所造的万物中,唯有蛇最狡猾。那时的蛇,可以四肢着地,像其他走兽一样正常行走。

有一天,夏娃正在智慧之树下休息,蛇走过来对她说:"你们吃过这棵树上的果子吗?"

夏娃说:"这是智慧之树,上帝说不可吃,也不可摸,否则就会死去。"

蛇故作神秘地对夏娃说:"上帝不让你们吃,是担心你们吃了智慧树的果实,会变得和他一样聪明智慧,因为智慧之树的果实,能使人耳聪目明、分辨善恶。"

夏娃禁不住诱惑,于是从智慧之树上摘下一个红红的果实,去找亚当。她咬下一口,也让亚当尝尝。亚当并不知道这是智慧之果,也咬了一口。刚吃了一口,他们二人的神智就发生了变化,知道自己是赤身露体,感到羞耻,便摘无花果树的叶子,为自己编织衣裙,系在腰间。

耶和华在园中行走,亚当和他妻子听见上帝的声音,就藏到一棵树的后面。耶和华呼唤亚当,对他说:"你在哪里?"

亚当回答说:"我在园中,听见你的声音,但不能见你,因为我赤身露体。"

耶和华说:"谁告诉你赤身露体呢?莫非你吃了智慧之树的果子么?"

亚当说:"夏娃把那树上的果子给我,我就吃了。"

耶和华上帝又问夏娃。夏娃说:"蛇引诱我,我就吃了。"

耶和华非常生气。他对蛇说:"你既做了这事,就必受最严厉的咒诅。从今以后,你必用肚皮行走,终生吃土。我要叫你和女人彼此为仇,你的后裔和女人的后裔也彼此为仇;女人的后裔要伤你的头,你要咬他们的脚后跟。"

上帝又对女人说:"你违背了我的旨意,我必多多增加你怀胎的痛苦,你生产儿女必多受苦;你必恋慕你丈夫,并终生受丈夫的管辖。"

耶和华对亚当说:"你既听从妻子的话,吃了那树上的果子,你必将终生劳苦,汗流浃背地劳作,才能从地里获得吃的,地必给你长出荆棘和蒺藜。你本是泥土做的,死后仍要归于泥土。"

耶和华上帝看到亚当、夏娃已经知道善恶羞耻,担心他们会偷吃生命树上的果子,那样他们就会长生不老了。于是上帝把他们逐出伊甸园,去耕种土地,靠劳作生活。

**想一想**

亚当和夏娃为什么被赶出伊甸园?

# 诺亚方舟

由于偷吃禁果,亚当和夏娃被逐出伊甸园。亚当活了九百多岁,他和夏娃的子女无数,他们的后代子孙传宗接代,越来越多,逐渐遍布整个大地。由于上帝诅咒了土地,人们不得不艰辛劳作才能维持温饱,人的怨恨与恶念与日俱增,人们之间开始无休止地相互厮杀、争斗、掠夺。

上帝耶和华看到了这一切,他非常后悔创造了人类,决意将世界上的一切生物都灭绝掉。他说:"我要将所造的人、走兽、飞鸟等等都从地上消灭。"

在罪孽深重的人群中,只有诺亚深受上帝的爱怜。诺亚是一个正直的人,在当时是一个完人。他追随上帝行事。他有三个儿子:闪、含和雅弗。诺亚很守本分,三个儿子在他的严格教育下安分守己,自食其力,善待他人。耶和华选中了诺亚一家——诺亚夫妇、他的三个儿子及其媳妇,作为新一代人类的种子保存下来。上帝告诉他们即将用洪水实施大毁灭,要他们用歌斐木造一只方舟,里外都涂抹上树脂。

上帝说:

"我要使洪水泛滥全世界,消灭天下所有活着的人,地上万物也要消灭光。但我要与你立约。你到时带着你的妻子、儿子、儿媳们一起进入方舟。你从各种飞禽、走兽、爬虫中,每种挑选两只,雌雄各一带上,让它们和你一起存活下来。你要带上充足的食物,储存在船上,作为你们和动物的口粮。七天之后我会连降四十天的暴雨,把这贪婪而充满罪恶的世界冲刷干净。"

诺亚遵照上帝的话,一一办到了。他带领妻子、儿子、儿媳上了方舟,和他们一起上船的还有那些动物:洁净的和不洁净的牲畜、鸟类和地上的爬虫,每种都是雌雄一对,按上帝的盼咐那样都上了船。

第七天结束的时候,洪水降临到大地。那年诺亚是六百岁,二月十七日那天,大深渊的所有泉源一齐喷发起来,天穹洞开,大雨倾盆,不停地下了四十个日夜。

洪水泛滥了四十天,大水涨起来把方舟托起,高高地升离地面之上。落在地面的水越来越多,淹没了天下所有的高山。所有生活在陆地上的东西,全都没有了。上帝清除了大地上所有的动物,人,兽,爬虫,飞鸟,全部从地面上消灭干净。唯独诺亚和在方舟上的妻子、儿子、儿媳、鸟兽爬虫活了下来。

四十天后,诺亚打开了方舟上的天窗,放出一只乌鸦去看洪水是否消退,但乌鸦一直往远处飞啊飞啊,直到地面上的水都快干了也没回来。

诺亚等了七天,然后从方舟上放出一只鸽子去看看地上的水是否消退。四周全都是水,鸽子没有落脚的地方,于是飞回诺亚的方舟。

诺亚又等了七天,再次从舟上放出那鸽子去。傍晚时分,鸽子回来了,嘴里衔着一小截绿绿的橄榄嫩枝。诺亚就知道地面上的水退得差不多了。从那以后,叼着橄榄枝的鸽子就被看成和平与希望的象征。

但他又多等了七天,然后放那鸽子出去。这次它再也没有回来。这样,在诺亚六百零一岁那年的元月一日,地上的水终于全退了。诺亚打开方舟顶盖,向外探望,看见地面已经完全干了。

二月二十七日,大地全都干了。上帝对诺亚说:

"你和你的妻子、你儿子、儿媳们都从方舟上出来吧。把你带上方舟的各种地上生物,鸟兽爬虫都放出来吧,让它们滋生繁衍,遍布全世界吧。"

诺亚就同他的妻子、儿子、儿媳们从方舟里走出来。各种地上的野兽、牲畜、鸟类和爬虫等动物都是雌雄配对的,都下了方舟。

诺亚为上帝修了一座祭坛。他挑选了各种各样洁净的鸟兽作为供品,放在祭坛上奉献给上帝。上帝闻到了供品的香味,心里想道:"我再也不会因人类而使大地遭到灾祸了。不论人从小就有多少邪念,我都不会像这次那样杀死一切生灵了。"

**想一想**

人们为什么把叼着橄榄枝的鸽子看成和平与希望的象征?

# 巴 别 塔

大洪水之后,诺亚的儿子们兄弟三人遵照上帝耶和华的话,生育了大量后代,繁衍出许多民族。

当时天下只有一种语言,大家说着一样的话。诺亚的子孙越来越多,众多的人们向东方迁徙,在示拿地遇到一个平原上。人们决定在这儿住下,烧砖,建造一座通天的高塔,留作永久的纪念,好让后人知道先辈是怎样分散到世界上去的。于是他们拿砖当石头,又拿石漆当灰泥。由于大家语言相通,同心协力,建成的高塔直插云霄。

高塔盖到一半的时候,被耶和华知道了。他心想:"他们是一样的民众,讲一样的语言。如果人类真的修成宏伟的通天塔,那以后还有什么事干不成呢?"

于是他悄悄地来到示拿,暗中施法,使人们的语言一下子变成了许多种,弄得谁也不懂谁的意思。结果,人们谁也听不懂对方,无法进行正常的交流。大家只好中止建塔,语言相近的人汇聚一起,分散到世界各地去了。

没完工的高塔孤零零地废弃在平原上,人们把它叫做"巴别塔"。"巴别"在希伯来语中是"变得混乱"的意思,是指耶和华在那儿改变了天下一统的语言。

**想一想**

巴别塔为什么没有完成?世界上为什么有许多种语言?

# 普罗米修斯

普罗米修斯是提坦神伊阿珀托斯的儿子，是一位先觉者。他从神居住的奥林波斯山来到了大地上，看见到处长满了鲜花和野草，生活着各种各样的动物，鸟儿在树上筑巢，在空中歌唱，只是还没有统治它们的人类。

于是，普罗米修斯来到一条河边，从河堤上抓起一大团泥土，用河水把它和成泥巴，根据神的形象捏出了一个人，非常满意，然后捏出了许许多多一样的人。他从动物身上获取了善的或恶的特性——狮子的勇猛、狗的忠诚和聪明、马的勤劳、鹰的远见、熊的强壮、鸽子的温顺、狐狸的狡猾、兔子的胆怯和狼的贪婪等等，把这些特性糅合在一起，往每一个泥人的胸膛里注入一部分。这样一来，他们便能像动物一样活动了，但是只有一半的活力，因为他们还缺少神那样的灵气。普罗米修斯尝试了各种办法，但是都没有成功。

智慧女神雅典娜是普罗米修斯的朋友，她得知这一情况，便把神的具有活力的呼吸吹进人类的口中。这样，半泥人获得了聪明和理智，成为真正的人。

人就这样被造出来了。他们从地上站起来,像睡醒刚睁眼的孩子似的,惊奇地望着四周的树木、野草、鲜花和动物,一时跑到这里,一时跑到那边。但是,他们还不懂得思考,看见眼前的物体,却不知道如何识别它们;听见流水、刮风和树木的声音,听见野兽的嚎叫和鸟儿的啼鸣,却无法理解这一切。他们住在黑暗的洞穴里,因为他们不懂得用自己的双手和体力制造工具,不懂得去伐倒树木、开采石头来建造房屋。他们不懂得四季更替,不会耕种来收获庄稼。

普罗米修斯教人类学会了计数和写字,教他们观察日月星辰的运行,教他们建造房屋,使用牛马耕种田地。现在,人类文明只缺少最后一样重要的东西——火。

普罗米修斯折下一根长长的茴香枝,带着它来到天上。当太阳神赫利俄斯驾驶烈焰熊熊的太阳车从空中经过时,普罗米修斯把茴香枝伸到火焰里引着,然后举着燃烧的枝条迅速降落到大地上,用火种点燃了地上第一堆篝火。人类从此不再惧怕黑夜和野兽,从山洞里走了出来。

奥林波斯山的统治者宙斯发现火种被盗,大为恼怒。他将普罗米修斯交给赫菲斯托斯和他的两个仆人,让他们把获罪者带到高加索山,用一条永远也挣不断的铁链牢牢地把他缚在一个陡峭的悬崖上。

不幸的普罗米修斯被缚在陡峭的悬崖上,笔直地吊在那里,永远不能入睡,疲惫的双膝也不能弯曲,因为他的双手、胳膊、肩膀和两条腿都被铁链牢牢地缚住,胸脯上钉着一颗金刚石做的钉子。陪伴他的是饥渴、炎热、寒冷、日晒、风吹和雨淋。宙斯还派他的神鹰每天去啄食被缚者的肝脏,但被吃掉的肝脏随即又会长出来。就这样,日复一日,年复一年,为人类偷来火种的普罗米修斯,长期地忍受着难以描述的痛苦和折磨。

三十年以后,一位叫赫拉克勒斯的英雄为了寻找金苹果来到此地。他是一位百发百中的神箭手。他看见神的后代被缚在悬崖上,一只巨鹰正在啄食他的肝脏,便立即放下行囊,取箭射死了恶鹰。然后他打开铁链,把普罗米修斯解救下来。为了不让宙斯发现,聪明的赫拉克勒斯让马人喀戎做了普罗米修斯的替身。喀戎被赫拉克勒斯的毒箭误伤,伤口始终不愈,疼痛难忍,他情愿以死解除痛苦,把自己永生的权利让给普罗米修斯。

不过,普罗米修斯的手腕上永远戴着一只铁环,铁环上面连着一块高加索的石片。这样,宙斯就一直以为遭他惩罚的普罗米修斯仍然被缚在高加索山上。

**想一想**

普罗米修斯为人类做出了哪些贡献?

## 大熊星和小熊星

宙斯是奥林波斯山的主宰,是众神之父。他看到狩猎女神狄安娜的侍女卡利斯托生得十分美貌,便爱上了她,想要找机会和她亲近。

卡利斯托是狄安娜最喜爱的侍女,女神每次出猎,总是要带她在身边。有一次,狩猎活动持续了很久,大家都累了,各自找地方休息。卡利斯托一人在一棵树下小憩,被从天上经过的宙斯发现。宙斯变成狄安娜的模样,靠近卡利斯托,对她亲昵爱抚,然后他把自己的真实身份告诉了卡利斯托。可怜的少女无法摆脱众神主宰的控制,悲伤不已。

不久以后,她发觉自己怀孕了,但是不敢告诉别人事情的真相。这件事让女神狄安娜非常生气,她被赶出了女神的领地。

卡利斯托一个人在密林深处居住,她在那里生下了一个男孩,给他取名叫阿卡斯。儿子成了她生活中最重要的部分。

宙斯的妻子赫拉听说此事,不由得火冒三丈。她满腔妒火,发誓要严惩卡利斯托,让她知道天后的威严。

天后赫拉来到卡利斯托栖身的林地,施展法术,把美丽的女仙变成了一只丑陋的大熊。可怜的卡利斯托现在无法和心爱的儿子在一起了,她逃到了更深的密林中。

十五年过去了。宙斯和卡利斯托的儿子长成了俊美的小伙子,像他的母亲一样,成为一名出色的猎手。

一天,阿卡斯手持长枪,正在林中寻觅猎物,忽然看到前方的草丛里有一只大熊。这只熊就是卡利斯托。她认出了面前这个勇武的猎人正是自己的小阿卡斯,但是阿卡斯怎么也想不到眼前的大熊竟是他失散了十五年的母亲!

原来,这是天后赫拉的毒计。

阿卡斯手举长枪,就要向眼前的大熊投掷过去。这一幕被宙斯看到了,他及时施法,把阿卡斯变成一只小熊,避免了一场悲剧。小熊阿卡斯立刻就认出了妈妈,母子俩终于团聚了。

为了使这母子二人不再遭受什么意外,宙斯把他们提升到天界,在众星之中给了他们两个荣耀的位置,这就是在北天闪耀着光辉的大熊星座和小熊星座。

自己的计谋失败,赫拉气急败坏,来到海上去求她的哥哥海神波塞冬帮忙,要继续为难卡利斯托母子。海神答应了她的要求。

因此,我们可以看到,天上的其他星星东升西落,夜深以后就越降越低,最后沉落到了海面之下,进入海神的海底宫殿休息了。但是大熊星和小熊星却永远不会沉落到海面下。

**想一想**

你认识大熊星座和小熊星座吗?它们名称的来历是什么?

## 桂冠的故事

　　上古时候,世界上发生了一次非常严重的水灾。水灾过后,地上出现了很多沼泽,其中有一处沼泽里,生活着一只庞大而凶狠的怪物。住在沼泽周围好几十里的人,一直生活在恐怖之中,没有人敢走近这只叫人害怕的野兽。

　　英勇的太阳神阿波罗不忍看着人们受难,和沼泽里的怪物进行了激烈的搏斗,最后用自己光焰灼灼的箭把它射死了。人们非常高兴,他们载歌载舞歌颂阿波罗的勇敢和美德。阿波罗很是自豪地离开了那个地方。

　　他回去的路上,碰到了带着弓箭的小天使丘比特。丘比特是小爱神,他的弓箭非常奇妙。他的箭有两种,一种是金子造的,箭头非常尖锐,凡是被它射中的人,立刻就产生了深深地爱情。另一种是铅造的,箭头很钝,那些被它射中的人,对眼前的人只有憎恨。

　　阿波罗喜欢开玩笑。看到带着弓箭的小丘比特,他用骄傲的口气对他说:

　　"你这小家伙,你的箭哪里有我的好呢?你看,我刚刚把沼泽里那头可怕的怪兽射死了,你的箭恐怕不行吧?丘比特,干脆丢掉你的弓吧!"

丘比特是一个非常可爱的小天使,但性格有些急躁,没有听出阿波罗是在开玩笑,把他的话当了真。他气呼呼地回答说:

"你的箭固然能射穿所有的东西,可是我的箭还能使你受伤呢。"

说完,丘比特气嘟嘟地飞走了。他要想办法来使阿波罗承认,究竟谁是更好的射手。

小天使来到了一片树林里,看见美丽的女神达芙妮在那里散步,这正合他意。丘比特向达芙妮的心坎射了一支铅箭,这位女神顿时觉得浑身一阵发冷。她抬起头来,想看看发生什么事,只见阿波罗金光灿烂的衣裙,在树顶上一闪飞过去了。

就在这一瞬间,恶作剧的丘比特快如闪电地把一支金箭射到阿波罗的心窝里,然后得意扬扬地飞走了。

小天使的两支箭发生了神奇的作用。太阳神一看见林中散步的美丽女神达芙妮,就深深地爱上了她;可是,相反地,达芙妮却对阿波罗产生了深深的厌恶。她转身离开,逃到树林深处去了。

阿波罗急忙追上去,一边高声叫着:

"别害怕,我是太阳神阿波罗。不要跑得那么快呀,小心荆棘刺伤你。女神啊,请不要逃避我。相信我,我爱你,我不会伤害你的。"

达芙妮听到了这些话,跑得更快了。阿波罗在后面一直追着。眼看阿波罗快要追上她了,达芙妮跑到了一条河的岸边。她的父亲就是这条河的河神。达芙妮伸出双手,向河神喊道:

"父亲父亲,快救救我吧!救救我呀!让地开个口,把我吞下去吧;改变我的形状,使阿波罗不再爱我吧。"

话还没有说完,达芙妮的四肢就渐渐沉重起来,她的皮肤上出现了一层薄薄的树皮,她的头发变成了绿色的树叶,她的双臂变成了细长的树枝,她那双跑得飞快的腿,现在生根长在地上了。她的父亲接受了她的祈求,把她变成一棵月桂树。

阿波罗看见美丽的达芙妮变成了一棵树,失声痛哭起来。他抚摸着那新长出来的树干说:

"美丽的达芙妮啊,你既然不能做我的妻子,那就做我的树,我的月桂树。不论冬夏,你的树叶都将是常绿常青的,它将被用来编织胜利者的桂冠。"

就这样,从那一天起,月桂成为阿波罗的标志,桂冠成了胜利和荣誉的记号。

**想一想**

阿波罗为什么嘲笑丘比特?丘比特的恶作剧是什么?

## 蜘蛛和蜘蛛网

在希腊的一座古城里,有一个名叫阿拉齐妮的年轻姑娘,她的父母非常贫苦,身份也很卑贱。

阿拉齐妮很会纺织和刺绣,她用羊毛织成华丽的布匹,然后在布匹上绣上精美的花纹图案。织布的时候,她双手操作梭子,姿态非常优美,王公贵族和贵妇们,纷纷从希腊各地来看她织布。她的名气越来越大,王子和商人都愿意出高价,来买她那些美丽的刺绣品。

于是阿拉齐妮一家,从贫困变得富有了,她和父母的生活舒适起来。一家人都很快乐幸福。他们的快乐幸福生活,本可以一直这样下去,可是阿拉齐妮在大家的夸赞声中,变得骄傲起来。有一天,她竟夸口说,她虽然只是一个没有地位的女孩子,但她的纺织和刺绣本领,比女神密涅瓦要好得多。

密涅瓦是智慧和战争女神,在空闲的时候,常以刺绣和织壁帷作为消遣。

神最不喜欢人们自高自大。女神密涅瓦听到了阿拉齐妮的自夸,非常惊异,她决定亲自去看看阿拉齐妮,看看究竟是什么给了她说大话的底气。

她变作一个白发苍苍的老太婆,拄着拐杖,弓着背,颤颤巍巍地走到阿拉齐妮织布的房间里。她站在围看阿拉齐妮织布的人群中间,听到阿拉齐妮正在夸口说,她的技巧胜过密涅瓦。

于是这个老太婆说话了。

"我的女孩子啊,"她用一只手按在阿拉齐妮的肩头上,说道,"听一个生活经验比较丰富的老太婆的话吧。满足于在女人当中当一个纺织术的皇后吧,千万不要和天上的神比较。为了你刚才所说的愚蠢话,请求神的原谅吧。我告诉你,密涅瓦会原谅你的。"

可是年轻的阿拉齐妮满面怒色,用粗鲁的口气说:

"你这个老太婆,快别说废话了。叫密涅瓦来和我比比吧,我一定可以证明我说的是对的。她根本不敢跟我比赛,不然的话,她为什么还不来呢?"

密涅瓦丢下她的拐杖,喊道:"看,她来了呢!"女神恢复了原形,神态优雅,满是神的威仪。周围的人立刻跪拜在地上向她行礼,可是愚蠢的阿拉齐妮,高高地昂着头,不但不表示惧怕,也没有敬礼,竟然狂妄地要求密涅瓦和她比赛纺织的本领。

大家没有再说一句话,女神和这个自大的女孩,各在一台织布机前,开始织起布来。房间里的人,都以惊异和畏惧的眼光,紧张地在旁边看着。

在密涅瓦的织布机上,很快地出现了一幅图画:这是有神参加的竞赛,织布的四个角上,织有四个人像,那是胆敢违抗神命的人不同的命运。女神想借此警告阿拉齐妮。

可是阿拉齐妮压根没有看女神那边,只顾埋头在自己的织布机上忙碌着,好胜的她脸涨得通红,呼吸急促,一双巧手织出了一幅精美的图案:鸟儿翩翩欲飞,波浪拍岸,甚至隐隐有着涛声,云彩似乎真的在天空飘着。在这幅图画里,女孩也讲了一个故事,一个关于神有时也会犯错的故事。

密涅瓦看到了这幅织物,也不得不承认阿拉齐妮的纺织技术更好。不过,这也使她更加生气。

阿拉齐妮看到密涅瓦的满面怒容,突然意识到自己的愚笨和错误,可是已经晚了。密涅瓦把那幅美丽的纺织品夺过去,撕成碎片,然后拿起梭子,在阿拉齐妮的头上连敲了三下。

非常自尊的阿拉齐妮不愿意接受这样的侮辱,她从地上拾起一根绳子,想要上吊来结束耻辱和悲哀。可是密涅瓦阻止了她,说:"不,你该活下去,坏女孩。从今以后,你将一直挂在一根线上,你的后代也将永远受同样的刑罚。"

女神的话音刚落,阿拉齐妮的头发就脱落了,她的脸缩得非常小,身体也缩小了,双手双脚变成丑陋的蜘蛛脚。她变成了一只蜘蛛,挂在一根丝线上,永远在纺织着,结蜘蛛网。

你只要到一个布满灰尘的屋角,或者花园的墙壁上去看看,你一定会看见有一只或者几只蜘蛛在结网。这蜘蛛虽然不是阿拉齐妮本人,但至少是她的一个子孙,它永远在那里结网,这就是那个愚蠢的女孩子虚荣心膨胀的结果。

**想一想**

阿拉齐妮的傲慢给她带来了什么后果?你同情她的遭遇吗?

## 神奇世界的诞生

上古时代,时间是静止而永恒的,世界被包裹在一个小小的蛋胚里。斯拉夫人的先祖坚信,伟大的创世主就在这个渊源未知的宇宙里。

宇宙的创世主——宇宙起源时唯一的神,他一开始住在蛋胚的核心,金黄色的蛋壳保护着他,他在里面打着瞌睡。周围空荡荡的什么也没有:没有光明,也没有黑暗;没有白天,也没有夜晚;没有水,也没有土地。未来生命的种子,就这样在无边无际的虚空中漂浮着。

未来人类的先祖创世主依然睡着,躺在神奇的蛋胚里。他做了一个梦,梦见神奇的世界,在那里万物井然有序,各居其位:时而和煦时而猛烈的风、光芒万丈的七彩云霞、光洁的月亮、璀璨的群星、茂密的森林、巍峨的高山、奔流的河川、混沌的沼泽地、各种各样的鸟儿、鱼、蛇、野兽,还有烂漫的鲜花和青青草地。当然,还有诸神和人类、光明与黑暗、生命和死亡。

神奇的魔蛋在虚空中缓慢生长着,慢慢积聚着力量,直到有一天,创世主睁开了眼睛:他的内心充满了强烈的爱,他爱上了梦中看见的一切。爱的力量是强大的,在它的帮助下,宇宙元神打破了金蛋。金蛋裂成的碎片,变成了空中的雨、地上的水、广袤的天幕、坚硬的陆地,同时出现了光明和黑暗。创世主的金色摇篮变成了天上金色的太阳,银色小船则变成了晶莹的星星和月亮。

创世主用彩虹把宇宙裁成两半,上为天,下为地,坚硬的岩石将水分成地表水和天空雨水,世间有了白天与黑夜,真理与谎言。创世主轻轻呼出一口气,诞生了爱神拉达(最重要的生育女神,圣母,未来斯瓦罗格的妻子)。拉达女神变成了神鸟斯瓦,飞翔在大地上空。

糟糕的是,刚刚创造出来的世界里,熙熙攘攘,混乱不堪。万神之主于是召唤来神鸟斯瓦,造出斯瓦罗格,对着他呼气,在他体内注入全能之灵,赋予他四个头以便同时观察四面八方,统领世界。斯瓦罗格用强有力的双手把天空高高举起,让它远离海面,然后在天空巡视,地上发生的一切他能够看得一清二楚。

斯瓦罗格为太阳铺平了道路,太阳在天空自由地升起和落下,大地上从此有了白天与黑夜。从日落到日出这一段时间,星星和月亮来到天空玩耍,给那些夜晚活动的生灵带来星辉。就这样,斯瓦罗格创造了一个蓝色的天堂——诸神流连的仙境。

斯瓦罗格从天空向下看,发现大地还不尽如意,那里只有蓝蓝的海洋,没有生命,生命之树无法得到自然的滋养。他到处寻找陆地,四个头同时张望,找了好几天,在第七天,终于看到了高耸的里皮山,山顶上有一块白色的石块。

斯瓦罗格给它取名阿拉堆利,意即神圣的白色石头,是世界的基石。他拿起白石,把它扔进蓝色的大海。大海泛起了泡沫,然后开始沸腾,最终在海洋中间出现了厚厚的一层陆地。

在海水中间,出现了一对神鸟。原来,这是创世主罗德为帮助斯瓦罗格而让它们现身的。两只神鸟各衔着一块泥巴。斯瓦罗格把泥巴放在手心里揉搓,央求父神罗德:"罗德,我们的父亲和母亲,帮助我们让陆地充满生命吧。"

只见阳光普照,大地开始变得暖和起来,而月牙儿逐渐冷却,猛烈的风把斯瓦罗格手中的泥土吹向四面八方。陆地开始不断生长,对它周围的所有东西提供滋养。大地慢慢充满了生命。生命之树——巨大的橡树获得了新的力量源泉,它的根不断向大地深处生长,而繁茂的树枝向上伸展,直达天庭,到达诸神生活的美丽仙境。

按照全能主宰罗德的命令,大地诞生了智慧女神玛科什。玛科什是女性的化身,掌管命运,是诸神最尊贵的女主人。

玛科什坐在罗德父神送给她的纺车旁,用斯瓦罗格神纱纺织出一条条生命之线。这些线不断变长,开始打结。有的生命之线的结被解开了,附在其上的生灵就得到了永生,成为长生不老的天神;有些结没有解开,附在这些生命之线的生灵,就成了林中野兽,参加生死轮回。

玛科什身边站着两位下神,这是罗德最贴心的助手多利亚和涅多利亚。她们将主宰大地上所有生命的幸运和不幸:多利亚是幸运女神,涅多利亚则带来各种不幸。不过她们很清楚,幸运或者不幸,都取决于玛科什手中打结的生命之线。

宇宙主宰罗德最珍爱的女儿拉达女神庇佑生命繁衍,她是婚姻、儿童、家园的守护神。罗德赋予拉达和马科什女性天赋,强大、温柔,带有秋冬气息,与水和大地紧密相连。他给了斯瓦罗格阳刚的天赋,强壮、明朗,如同阳光和春夏,与火和空气紧密相连。罗德希望他们通过继承把世界代代相传。

各种幽灵生活在大地深处,这是最黑暗和最阴郁的王国。斯瓦罗格为它们堆砌了三个拱形石塔,从此地底下开始生长繁衍各类毒蛇。

现在,斯瓦罗格开始寻找当初被他扔进大海深处、帮助生长出陆地的阿拉堆利白石。斯瓦罗格长久地在辽阔大海巡视,终于在离波罗的海岸边不远的海沟里发现了它。万神之主宰捡起阿拉堆利石头。从此,那一片海被斯拉夫人的祖先称为阿拉堆利海,也就是今天的波罗的海。

斯瓦罗格知道,这块小小的石头将为未来的人类带来巨大的好处!按照全能的创世主罗德的命令,还有斯瓦罗格的意愿,在阿拉堆利白石上刻下诸神与人类必须遵守的法律。从阿拉堆利石下流淌出肥沃的河流,为田地带来收获,为生灵带来健康和强壮体魄。

就这样,诞生了斯拉夫人神奇而美好的世界。

**想一想**

斯瓦罗格为什么长有四个头?玛科什女神用纺车纺织出的生命之线最奇妙之处是什么?

## 斯瓦罗格和黑蛇

斯拉夫人先祖的主神斯瓦罗格，带着黑蛇降落到被雨水冲刷后的大地上，决定通过犁地的方式来划分各自领地。

斯瓦罗格和黑蛇在天空同时犁出了一道长长的壕沟，斯瓦罗格在上，他的王国充满光明，是美丽的天国斯瓦尔加；黑蛇在下，他的王国阴森黑暗，是地下之国纳威。他们所犁出的两道壕沟之间，就是未来人类要生活的地方，被称为亚威王国。光明与黑暗的分界线米耶惹刚好在亚威王国正中间。从此，我们生活的世界里，光明代表的善良与黑暗代表的邪恶总是相伴而生。

趁着斯瓦罗格不注意，黑蛇拿着大犁头，在大地上又飞快地横竖犁了好几道，整个亚威王国（就是我们的人世间）被它翻了一遍。现在，黑蛇开始播撒各种各样它所能找到的邪恶种子，它要抢在斯瓦罗格之前，尽可能多地占领大地。

黑蛇与斯瓦罗格的战斗中流下了大量鲜血，黏黏的血液慢慢地渗入翻耕过的大地，也流进了犁地时留下的那些深沟里，变成了一条条大河——多瑙河、第聂伯河、顿河，还有它们的姐妹河流伏尔加河、德维纳河。

在这些大河中间,有一条具有魔力的河,是掌管生死的分界河,这就是斯莫罗金纳河。河水里混杂着眼泪与鲜血,河里的浪涛有的冰冷刺骨,有的则火热沸腾。河面被浓浓的水汽笼罩,那些永生的众神都害怕从这河上越过。只有一座卡利诺夫桥可以让死去的人们过河到达地下王国。

强大的生命之树椴树,这时已经长大,从地下到天上,连接了三个王国。快乐鸟奥克诺斯特在生命之树右边的枝丫上筑了巢窝,忧郁鸟西林则在左边的树枝上安了家。树根部密密麻麻盘着蛇的子孙。树干边上,站立着天帝斯瓦罗格和他的妻子爱神拉达,他们守护着人世间的平安。

在中间王国亚威,阴霾逐渐消散。有斯瓦罗格和拉达的庇佑,森林里生活着各种各样的野兽,海洋里游着鱼群,天空里飞翔着数量众多的鸟儿。大地上生长着五颜六色的鲜花,草地繁茂,一片盎然景象。无处不在的创世始祖罗德非常高兴地看到,他的世界再次焕发生机。但是,他还是感觉到欠缺了一些什么。

于是,斯瓦罗格和拉达来到林中草地,在那里戏耍,不断从肩头向后面的地上扔小石块。突然,这些小石块变大了,变成了一群体魄强健的少年和美丽可爱的少女。原来,拉达扔的石头,变成了美丽可爱的少女;斯瓦罗格扔的石头,变成了强壮英俊的少年。

拉达女神还不是很满意,她拿起两根木棍,互相敲着玩。火神塞马尔格来帮她,两根木棍迸出了神火火花。火花掉到地上,马上变成了相互爱慕的青年男女,他们的内心燃烧着强大的爱情之火。就这样,亚威王国有了人类。

这些新的生灵看起来很像天神,只不过没有天神的长生不老和无所不能的天赋。地上的人类,每个人都有自己的寿命——智慧女神玛科什用斯瓦罗格神纱织出的生命之线,决定了他们寿命的长短。

看着地上喧闹的生活,创世始祖罗德非常满意,给有功的诸多神灵分派了各自在人间要护佑的任务,同时接收人类对他们的祭祀。但是有一些大力神什么封赏也没有得到,便来向罗德抱怨。

罗德大发雷霆:"在和黑蛇拼死战斗的时候,你们到哪里去了?身为大力神,每天无所事事,游手好闲。现在天下太平了,你们倒知道来讨封赏?赏罚不明,如何让奋力战斗的天神们安心护佑生灵?明天天边出现第一道彩霞,就是你们永远闭嘴之时!"

第二天清晨,当霞光仙子在天边挂出第一缕彩带,明亮的阳光刚刚照射到这些大力神的身上,众神就看到,他们瞬间石化,变成了巨大的山石,堆在一起,蜿蜒绵长,这就是今天的乌拉尔山脉、阿尔泰山脉和高加索群山。

**想一想**

创世始祖为什么会对大力神大发雷霆?他是如何惩罚大力神的?

## 太阳和月亮翻脸

在最开始的时候,太阳和月亮一直是同时出现在天空。后来,众神居住的伊利亚花园,发生了一件大事,日月同辉的现象就再难看到了。

要讲这件大事,就不得不先说说太阳神。太阳神霍尔斯每次在开始一天的巡视之前,要去布扬小岛稍做休息。布扬小岛在温暖的赫瓦雷海,和我们生活的世界一样古老久远。岛上森林茂密,绿草如茵。那里一直温暖和煦,阳光宜人,有许许多多的野兽和鸟儿。因此诸神喜欢时不时到岛上溜达溜达。

天上年轻的仙女们,尤其是霞光仙子扎利亚尼察,非常喜欢黎明前在布扬岛清澈干净的湖水里洗澡。每天清晨她洗完澡,长发还是湿漉漉的,就变成白天鹅飞向天空,宣告白天的到来,并向大地洒满晶莹的露珠。

有一次,霞光仙子和自己的姐妹晚霞仙子佐尔卡、夜幕仙子库巴里尼察一起来洗澡,在湖水里贪玩戏耍,忘了时间,迟迟没有从水中出来。霍尔斯像往常一样来布扬岛做巡天之前的短暂休息,看见了湖水中的霞光仙子,立刻爱上了她。他们之前一直没有机会见面,因为扎利亚尼察总是早早地飞向天空,之后天地大亮,太阳神霍尔斯才姗姗而来。

太阳神想出了一个主意:如果把霞光仙子的衣裙和羽毛藏起来,她不得不在岛上待着,那不就有机会和她认识了?说到做到,霍尔斯藏起了仙女的衣裙和羽毛。霞光仙子从水里出来,一看慌神了:姐妹们已经飞走了,可是自己的霞衣和羽毛消失得无影无踪。仙女伤心地哭起来,说道:

"我该怎么办呢?没有我,就不会有晴朗的天气。谁拿走了我的霞衣和羽毛?如果你是一位老人,那么我就叫你一声父亲;如果是个女孩,那你就是我的姐妹;如果你是一位少年,那你就是我未来的丈夫。快出来吧,请快快显身!"

于是霍尔斯微笑着走向她。两人相爱了,当天就结为夫妻。从此,每天他们俩手挽着手,一起把早晨托上天空。整个伊利亚花园都欢快地庆祝这个婚礼。

只有英俊的月神米耶夏茨一个人在夜空忧郁地游荡,因为他也爱上了霞光仙子。月神很长时间一直无法从忧伤中解脱出来,后来干脆决定从霍尔斯那里偷走他的妻子。说话容易做事难,月神为了达到自己不可告人的目的,绞尽脑汁想了很久很久。

月神找到智慧而勇敢的基托弗拉斯。基托弗拉斯掌管着远在天边的鲁克里耶-鲁克莫里耶王国,到达那里,要翻越一座座高山,越过波涛汹涌的海洋。基托弗拉斯白天化成人形,统治人类,晚上则变成半人半马的模样,管理野兽王国。基托弗拉斯非常聪明智慧,为人又和善,因此大地上的所有统治者为了找到幸福都向他寻求忠告。

在大地形成之初,斯拉夫民族的土地上——无论是东西,还是南北,生活着各种各样的生灵和野蛮人族。有魔鬼,也有精灵;有智者,也有勇士。

在这些生灵和野蛮人族中,没有谁能比基托弗拉斯更睿智、更能随机应变。但是,基托弗拉斯有一个不为常人所知的致命弱点:他特别爱喝黑麦酿的啤酒。英俊的月神决定利用这个缺点,因为他实在没有别的办法能让睿智的基托弗拉斯同意帮助他。

月神酿好新鲜的啤酒,把酒倒入基托弗拉斯打水的水井。人类与万兽的主宰基托弗拉斯被水井里甜美的啤酒诱惑,喝得酩酊大醉,一时失去了自己的理智。就在这时,狡猾的月神请求他予以帮助。

"我的朋友,"月神说道,"请你为我造一艘飞船,好让我能够带着霞光仙子一起飞走。我非常非常爱她。"

会魔法的、喝醉了的基托弗拉斯无法拒绝他的央求,用三天时间打造了一艘巨大而精美的千帆神舟。这神舟能够在天上自由飞翔,就像航行在海上。月神驾着千帆神舟,去找霞光仙子扎利亚尼察。

飞船来到了霍尔斯的宫殿外,霍尔斯美丽的妻子正在宫里休息,太阳神此时此刻正在巡视天空。月神对自己深深爱慕的霞光仙子说道:

"美丽的仙女,你好!你看,我给你带来了一艘多么神奇多么华美的飞船。让我们驾着它去逛天海吧。"

霞光仙子忍不住对这艘神奇飞船的好奇,答应了。飞船升起来,月神鼓起千面风帆,驾着船飞快地在空中前进。

英俊的月神带着霞光仙子飞了很远很远。当她开口想回家的时候,月神向她表白:

"我爱你,亲爱的女神。你以前是太阳神霍尔斯的妻子,但是现在,你将是我的妻子了。我无论如何也不会把你送回去的。"

霞光仙子伤心起来,开始哭泣。可是怎么办呢?她无法回到金色的宫殿,从今以后只能在漆黑的夜空打发自己的时间。

霍尔斯傍晚回到家,没有找到年轻的妻子。他问全知全觉的斯瓦罗格:

"天的主人,请告诉我,我亲爱的妻子到哪里去了?"

斯瓦罗格告诉他:

"你的妻子扎利亚尼察,被月神米耶夏茨用飞船带走了。勇敢的霍尔斯,你把我的号角拿去,使出最大的力气吹响它,在你面前就会出现我的所有儿子们。带他们追上去,惩罚可恶的小偷。"

太阳神抓起号角,吹起了它,诉说着自己的遭难。在他面前瞬间出现了全能的罗德和万物缔造者斯瓦罗格的子孙们,火神塞马尔格手持利剑,飞奔在最前面。

愤怒的霍尔斯对他们说:

"小偷米耶夏茨偷走了我的妻子。亲人们,帮助我惩罚为害作恶之人!"

众神一起去追赶,谁也不抱怨劳累和辛苦,终于来到了月神居住的群山。

太阳神霍尔斯再次吹响了创世父神罗德的号角。在响亮的号角声下,天幕开始颤抖,群星从天上纷纷坠落,海面上翻滚着惊涛骇浪。米耶夏茨的群山被震裂成一个个土堆。月神向众神迎上前来,意识到他将要面对的是一股什么样的力量,但是他依然不愿意将霞光仙子交出来。

火神塞马尔格举起自己的利剑,一下就将月神劈成两半。霍尔斯在黑暗的角落找到妻子,把她带回自己光明而巍峨的太阳神殿。

从此,月神米耶夏茨一个人孤独地在天空游荡,思念着永远失去的霞光仙子扎利亚尼察。被火神砍伤的伤口慢慢愈合,眼看着他又长成了之前英俊的模样,但塞马尔格再次将他劈开。就这样,周而复始,没有终时。这就是为什么天上的月亮总是不一样的:开始是细细弯弯的,像农民收割麦子的镰刀,然后一天天变大,最后成了圆圆的满月。只是一到满月,火神塞马尔格就把它劈成两半。

**想一想**

太阳和月亮为什么会翻脸?为什么天上的月亮总是不一样?

## 伊万和巨怪兽

在一个古老的王国里住着老头、老太婆和他们的三个儿子。小儿子大名伊万,但大家经常管他叫伊万努什卡。

伊万一家人非常勤劳,他们整日干活,耕地种庄稼,收成很好。

有一天,这个王国里突然传遍了一个消息:一个巨怪兽要来攻打王国了,它想杀死所有人,还要用大火烧毁城镇和村庄。

老头和老太婆开始发愁了,非常忧心。儿子们劝他们说:"爹、娘,不要伤心。我们去找巨怪兽,和它决一死战。为了让你们不孤单和难过,伊万努什卡留下来陪你们。再说,他还太小,也不能去参加战斗。"

但是伊万说:"不!留在家里等你们,这太没面子了。我也要去打巨怪兽!"

不过,老两口并没有勉强伊万努什卡一定要留下,他们给三个儿子都准备了武器和马匹,送勇敢的孩子们上路。兄弟三人手拿锋利的宝剑,背着装满面包和盐的行囊,骑上骏马去寻找巨怪兽。

他们走啊,走啊,来到了一座不知名的村庄。放眼望去,不见一丁点有人活着的气息。遇害者的尸体到处都是,房屋基本都被毁掉了,只有一座小木屋孤零零地在那里,一个老婆婆躺在床上,伤心地哭泣。

"奶奶您好!"三兄弟向她打招呼。

"善良的年轻人,你们好!你们要去哪里啊?"

"奶奶,我们去斯莫罗金纳河,到那里找卡利诺夫桥。我们要和巨怪兽决斗,决不能让它在我们的土地上撒野。"

"啊,好样的!你们奋起反抗了!这个恶魔,所有的人都被它杀死了,所有的东西都被它毁掉了。附近的几个王国糟蹋完了,它就跑到这里来了。这里现在只剩下我一个人:我恨不能吃了这个巨怪兽。"

三兄弟在老奶奶家过了一夜,第二天早早起床,继续上路了。

眼看着离斯莫罗金纳河越来越近,马上就能看到卡利诺夫桥了。河岸上遍布着人的尸骨。

兄弟们找到了一座没有人的小屋,决定在那里住下来。

"两位哥哥,"伊万说道,"我们来到了一个完全陌生的地方,应该保持警惕,认真观察四周,留意风吹草动。我们要轮流放哨,不能让巨怪兽过卡利诺夫桥。"

第一天夜晚,大哥前往桥边做哨兵。他沿河岸走着,四处张望。斯莫罗金纳河水静静地流淌着,周围空旷无人,静悄悄的,一点声音也听不见。于是大哥钻到灌木丛底躺下,很快就睡着了,打着响亮的鼾声。

伊万在小木屋里躺着,可是怎么也无法入睡。他完全睡不着,哪怕打个盹儿都做不到。到了午夜,伊万拿起自己那把锋利的宝剑,向斯莫罗金纳河走去。到那里一看,嘀,大哥在灌木丛下香甜地睡着,鼾声阵阵。伊万没有叫醒他,自己悄悄地躲到卡利诺夫桥下,监视着桥上的动静。

突然,河水翻涌起来,椴树上的鹰发出尖厉的叫声。长着六个头的巨怪兽出现了。它冲到了卡利诺夫桥的中央,一匹马跪倒在它跟前,黑色的乌鸦在它的肩头站立着。一条黑犬龇着尖尖的牙齿,凶相毕露。

六头巨怪兽开口说道:

"我的马儿啊,你怎么摔倒了?黑乌鸦,你为什么醒了呢?黑犬啊,你又是为什么在那里龇牙咧嘴呢?难道你们是因为伊万,这个农夫的儿子在这里?哈哈,他还没有出世呢。即便他出世了,也还没有本事来呢。我一只手就能把他抓住,另一只手轻轻一捻,他就会成为粉末!"

这时,农夫的儿子伊万从桥底下走出来,说道:

"别夸海口了,该死的巨怪兽!没有见过斑斓的鹰隼,就不要招摇可怜的羽毛。没有见到真正的勇士,就没有资格对他评头论足。还是让实力说话吧:谁越过了障碍,谁就是赢家。"

伊万和巨怪兽扑到了一起,激烈厮杀起来。在他们的猛烈搏斗下,周围的大地不断颤抖,发出呻吟。

巨怪兽太不走运了:农夫的儿子伊万手起剑落,一下就砍掉了它的三个头。

"快住手,农夫的儿子伊万!"巨怪兽尖叫道,"让我喘口气!"

"还让你喘口气!巨怪兽,你有三个头,我可只有一个!等你只剩一个头时,再喘气不迟。"

他们俩又扑到了一起,接着厮杀起来。

农夫的儿子伊万又砍掉巨怪兽的三个头,把它的身体大卸八块扔进了河里,把巨怪兽的六个头堆放在了卡利诺夫桥下。然后他回到了小木屋。

天亮时大哥回来了,伊万问他:"你看见什么了吗?"

"没有,老弟,我的身边连一只苍蝇都没有飞过。"

昨晚发生的事情,伊万一点也没有向他透露。

第二天夜晚,老二来到桥边放哨。他四处走走,前后左右看看,周围十分平静,放心了,于是他钻到灌木丛中躺下睡着了。

伊万对老二也不敢抱有希望。到了午夜,他再次武装好自己,拿起锋利的宝剑来到斯莫罗金纳河边,藏到卡利诺夫桥下,开始瞭望。

突然,河水翻涌起来,椴树上的鹰发出尖厉的叫声。长着九个头的巨怪兽出现了。它刚冲到卡利诺夫桥上,它的马跪倒了,黑色的乌鸦在它的肩头站立起来,黑犬龇着尖尖的牙齿不断后退……巨怪兽抽打马的肚子,揪着乌鸦的羽毛,打了黑犬几个耳光!

"我的马儿啊,你怎么摔倒了?黑乌鸦,你为什么醒了呢?黑犬啊,你又是为什么在那里龇牙咧嘴?难道你们是因为伊万,这个农夫的儿子在这里?哈哈,他还没有出世呢。即便他出世了,也还没有长本事呢:我一个手指头就能把他敲死!"

农夫的儿子伊万从桥底下跳出来,说道:

"等等,巨怪兽,快别吹牛,看你如何求饶吧!还不知道谁打败谁呢。"

农夫的儿子伊万挥起宝剑，一下，两下，手起剑落，飞快地砍掉了巨怪兽的六个头。巨怪兽摔倒了，伊万顺势跪在地上，抓起一大把土，直直地扔向巨怪兽的大眼睛。趁巨怪兽揉眼睛的时候，伊万飞快地砍下了它剩下的几个头。然后他把巨怪兽的躯干大卸八块，扔进斯莫罗金纳河里。巨怪兽的九个头堆放在了卡利诺夫桥下。伊万回到了小木屋，躺下睡着了。

早上老二回来了。

"怎么样啊，"伊万问他，"夜里你没有看见什么吗？"

"没有，我的身边连一只苍蝇都没有飞过，连一只蚊子也没有嗡嗡叫。"

"那好吧，亲爱的哥哥们，请随我来，我给你们看看那苍蝇和蚊子。"

伊万把两个哥哥带到桥边，把砍下来的巨怪兽的那些头指给他们看。

"看，都是什么样的苍蝇和蚊子夜里在这里飞过！你们不战斗，还回家在床上躺着。"

两位哥哥满脸羞愧。"实在是太困了……"他们说道。

第三天夜晚，伊万自己去放哨。他对两个哥哥说："今天会有一场恶战。哥哥，你们晚上不要睡觉，警醒听着。一听到我的口哨声，立刻放出我的马，你们也赶来帮我。"

农夫的儿子伊万来到斯莫罗金纳河边，站在卡利诺夫桥下，静静地等着。

刚到半夜，大地颤动，河水翻涌，狂风呼啸，椴树上的鹰尖叫起来——一只长着十二个头的巨怪兽直冲过来。十二个嗓门吼叫着，十二张嘴巴喷着火焰。巨怪兽的马长了十二个翅膀，马的脖子是铜的,尾巴和蹄子是铁的。巨怪兽刚跑到卡利诺夫桥上,它的马跪倒了,黑色的乌鸦在它的肩头站立起来,黑犬龇着尖尖的牙齿不断后退……巨怪兽抽打马的肚子,揪着乌鸦的羽毛,打了黑犬几个耳光!

"我的马儿啊,你怎么摔倒了?黑乌鸦,你为什么醒了呢?黑犬啊,你又是为什么在那里龇牙咧嘴?难道你们是因为伊万,这个农夫的儿子在这里?哈哈,他还没有出世呢。即便他出世了,也还没有长本事呢:我向他吹一口气,他立刻灰飞烟灭!"

农夫的儿子伊万从卡利诺夫桥下站了起来,说道:

"等等再吹牛吧:一切都还没有开始呢!"

"是你啊,农夫的儿子伊万!你为什么来了?"

"来看你啊,凶恶的敌人。我是来给你挖坟墓的。"

"给我挖坟墓!你在我面前纯粹就是一袋面粉,哈哈!"

农夫的儿子伊万回答道:

"我不是来给你讲故事的,也不是来听你讲故事的。我来是要和你这个万恶的魔鬼,决一死战,解救那些善良的人们。"

伊万挥起自己锋利的宝剑,砍下了巨怪兽的三个头,可是巨怪兽抓起被砍掉的头,用燃烧着火焰的手指往头上一抹,砍下的头就又重新长出来了,仿佛什么都没发生过。

农夫的儿子伊万现在大势不妙:巨怪兽发出的尖叫震耳欲聋,射出的火焰长长的,火苗四蹿。它用力跺着大地,嘲笑道:

"嗨,农夫的儿子伊万,你不想休息一会儿,让自己喘口气吗?"

"什么休息!在我们这里,永远都是奋不顾身地击打敌人,砍死敌人。"伊万说道。

伊万把右手放进口中,向小木屋的方向用力地吹起了口哨,可是小木屋没有人回应。他把自己的衣服纽扣扯下来,使劲砸小屋的窗户,窗户上的玻璃都震碎了,可两个哥哥依然睡着,什么也没有听见。

伊万再一次地挥起了宝剑,使出全身气力,终于砍下巨怪兽的六个头,砍断了它会发出火焰的手。

伊万摘下自己的帽子,用力向小木屋扔去,小木屋摇晃起来。两个哥哥终于醒了,听见伊万的马正在嘶鸣。他们奔向马厩,解开马的缰绳,然后紧随着那匹马赶来帮助伊万。

伊万的马用蹄子使劲踢打巨怪兽,伊万自己趁机砍掉了怪兽剩下的几个头,把它巨大的躯干大卸八块,扔进河里。

两个哥哥终于赶到了。

"哎呀,你们两个瞌睡虫!"伊万说道,"你们贪睡,我可差一点命就没啦。"

伊万带着两个哥哥来到小屋,大家洗澡、吃饭、喂马,然后躺下睡觉。

第二天清晨,天刚蒙蒙亮,伊万就起床了,穿好衣服,穿上鞋子。

"这么早你要去哪里?"哥哥们问道,"经历了一场恶战,我们好好休息休息吧。"

"不,"伊万说,"我还不能休息。我要去斯莫罗金纳河边找围巾,我的围巾丢了。"

"真有你的,"哥哥们说,"一会儿我们进城,买一条新的。"

"不,我不要新的,只要那条弄丢了的!"

伊万来到斯莫罗金纳河边,过了卡利诺夫桥,上了对岸,发现了一排石房子。他悄悄地靠近一扇打开的窗户,听见里面有说话声。仔细一看,屋里坐着巨怪兽的三个妻子,还有它母亲,一条巨蛇。它们正在密谋如何为巨怪兽报仇。

最年长的妻子说道:

"我要找农夫的儿子伊万为丈夫报仇!当他们兄弟三个回家时,我在他们前面跑,让天气变得炎热难耐,然后我就变成一口水井。他们一定口渴,在喝下第一口井水时他们就会死掉。"

"你想的办法真好!"老蛇夸赞道。

第二个妻子说:"我跑到他们的前面,变成一棵苹果树。他们一定想吃苹果,在吃下第一口时他们就会变成碎片。"

"你想的办法也很好!"老蛇说。

"我呢,"第三个妻子说道,"我放瞌睡虫让他们想睡觉,然后自己跑到前面,变成一条柔软的毯子和真丝枕头。他们一定想躺下睡觉,只要一挨着毯子,他们就会被火烧焦。"

巨蛇说:

"你的主意太好了!我亲爱的儿媳妇们,如果你们都不能把他们兄弟仨杀掉,那明天我亲自出发,追上他们,直接把他们吞下吃掉。"

她们的对话,伊万听得一清二楚。他迅速回到两个哥哥这里。

"怎么样,你的围巾找到了吗?"哥哥们问他。

"找到了。"

"怎么用了这么长时间!"

"哥哥,是花了不少时间,不过值得!"

兄弟仨收拾好东西,上路回家。他们穿过草原,翻越高山,披星戴月,日夜兼程。天气炎热难耐,非常口渴。兄弟们一看,前面竟然有一口井,井里水面上浮着一只小小的银水罐。两个哥哥对伊万说:

"弟弟,我们歇一会儿吧,喝些清凉的井水,也饮一饮马。"

"谁知道这井里是什么水,"伊万说道,"也许很脏呢。"他从马上跳下,用剑砍向水井。水井凄厉地嚎叫起来,平地冒出了一团浓雾,炎热消退,谁也不想喝水了。

"哥哥你们看,这是一口什么井啊!"伊万说道。

他们骑着马继续往前走。走啊,走啊,看见了一棵苹果树,树上挂满熟透了的红苹果。

两个哥哥跳下马,想去摘苹果。伊万抢先一步,拔出宝剑就砍苹果树,苹果树凄厉地嚎叫起来……

"你们看,这是什么苹果树?上面的苹果一点也不好吃!"伊万说。

三兄弟上了马,继续向前骑。走啊,走啊,人和马都累得筋疲力尽。正在这时,大家发现正前方的地面上铺着一块非常柔软的毯子,上面还有蓬松的枕头。

"我们在这个毯子上躺一躺,稍稍休息一会儿吧!"两个哥哥说。

"不,哥哥,只要你们躺上去,这地毯就不会像看起来那样柔软了!"伊万对他们讲。

两个哥哥非常生气:

"你故意和我们作对:这也不行,那也不让!"

伊万二话没说,把自己的腰带解下来,扔到地毯上。腰带立即燃烧起来,化为灰烬。

"如果你们躺上去,也会被烧掉!"伊万耐心地和哥哥们说。

他走近毯子,用剑把毯子和枕头砍成碎片,并把它们挑起来扬撒到四处。他说:

"哥哥,你们冤枉我了。无论是水井、苹果树,还是毯子枕头,都是巨怪兽的妻子变的。它们想杀死我们,可惜都未得逞,自己反倒丢了性命。"

三兄弟继续向前走。走啊,走啊,突然,天空变得黑压压的,狂风大作,呼啸着扑面而来。一条巨蛇从后面飞快地追上来,张开血盆大口,想要把伊万和他的两个哥哥吞掉。

小伙子们一点也不傻,从包里掏出盐巴(本来预备在路上蘸面包吃的),扔到巨蛇的嘴巴里。巨蛇尝到了咸味,高兴起来,以为它咬住了伊万兄弟三个。它停下来,开始咀嚼盐巴,嚼了两下,发现自己上当了,马上接着追赶他们。

伊万一看,危险还没有消除,使劲拍了一下马,让马儿继续向前飞奔。"嘚,嘚,嘚",马匹驮着三兄弟拼命地跑,扬起阵阵灰尘。

他们看到路边有一个铁匠铺,十二个铁匠正在叮叮叮打铁。

"铁匠!铁匠!"伊万说,"快放我们进去!"

铁匠们把三兄弟放进铁匠铺,然后关上铁匠铺的十二扇铁门,门上加了十二把锻造的锁。

巨蛇转眼来到了铁匠铺前,喊道:

"铁匠,铁匠!快把农夫的儿子伊万三兄弟交出来!"

铁匠们回答:

"你用舌头舔开十二扇铁门,就能抓到他们。"

巨蛇开始舔铁门,舔啊,舔啊,舔开了十一扇铁门,还剩下一扇大铁门。巨蛇累得筋疲力尽,坐下来休息一会儿。

说时迟,那时快,伊万飞快地从铁匠铺跳出来,抓起巨蛇,使劲往地下摔去。巨蛇摔得粉身碎骨,正好一阵风刮过,把它的骸骨刮得无影无踪。

从此以后,那里方圆几百里的怪物和毒蛇都销声匿迹了。人们再也不用提心吊胆地生活。

农夫的儿子伊万和两个哥哥一起回到家,回到父母身边,耕地种庄稼,一起过着无忧无虑的生活。

**想一想**

伊万的两个哥哥是有责任感的人吗?伊万为什么不让哥哥们喝井水、吃苹果和在地毯上休息?

# 严寒老人

在一座房子里住着两个女孩：勤快的鲁克和懒惰的列尼。一个嬷嬷照顾她们俩。

鲁克是一个聪明能干的女孩，每天早早起床，不用嬷嬷帮忙，自己穿好衣服。一起床就开始忙碌家务：烧炉灶，烤面包，打扫房子，喂鸡，然后再去井边打水。

鲁克忙碌的时候，列尼还在床上躺着；叫她起来吃饭，她还在被子里伸懒腰，身子左翻翻右翻翻来回折腾。等到终于躺烦了，她睡眼惺忪地说："嬷嬷，给我袜子穿上；嬷嬷，把鞋子给我系上。"穿戴整齐以后，她问道："嬷嬷，有烤饼吗？"站起身来，蹦蹦跳跳玩耍一会儿，又坐到窗口前数蚊子，看飞来多少只，又飞走多少只。她实在不知道做什么：躺在床上吧，她并不困；吃点什么吧，她并不饿；坐在窗前数蚊子吧，早就让她感到厌倦。她坐在那里可怜地哭泣，对大家抱怨说实在是太无聊了，好像别人是造成这一切的罪魁祸首。

列尼抱怨的时候，鲁克正里里外外忙碌着，她把浑水过滤成清水，倒入水罐中；有时织丝袜有时织披肩，一边干活一边唱着歌谣。她从来没有感觉到无聊,因为她没有时间去无病呻吟,做做这事,干干那事,转眼天就黑了,一天很快过去了。

有一次勤劳的鲁克遇到了麻烦:她去井边打水,把木桶吊在绳子上放到井中取水,绳子断了,木桶沉到了井底。这可怎么办?可怜的鲁克哭了起来,找到嬷嬷,向她讲了发生的一切。可是这位名叫普拉斯卡的嬷嬷非常严厉,她生气地说:

"自己闯的祸,自己去解决。你自己弄掉了木桶,自己想办法把它捞起来。"

没有办法,可怜的鲁克又来到井边,抓住绳子,慢慢地下滑到井底。

这时,神奇的事情发生了。她一滑到井底,就被眼前的一切惊呆了:在她面前有一个火炉,炉子上放着一个馅饼。那只馅饼被烤得焦黄焦黄,更神奇的是,馅饼看着她,和她说话:

"我已经烤好了,用面粉、砂糖和葡萄干做的。谁将我从炉子里取出来,我就跟谁一起走。"

鲁克毫不犹豫地拿起铲子,取出馅饼,把它放在怀里。

她继续往前走。在她面前出现了一个花园,花园里长着一棵树,树上挂满了金苹果。苹果摇动着树叶,自言自语说着:

"我们这些苹果,果汁饱满,完全成熟了。树根滋养了我们,可是被冰冷雨水浇着。谁把我们从树上摇下来,谁就可以把我们带走。"

鲁克来到树下,用力摇晃树干,金苹果纷纷掉下,落在了她的围裙里。

鲁克继续往前走。她看见:在她面前坐着严寒老人伊万诺维奇,头发花白。他坐在冰床上,吃着雪块;头微微摇晃着,头发冻成了霜卷,气息奄奄,周围冒着浓浓的寒气。

"啊!"他说道,"太好了,鲁克。谢谢你给我带来馅饼:我已经很长很长时间没有吃到热乎东西了。"

严寒老人让鲁克坐到他的身边,他们一起吃着馅饼,不时还咬几口金苹果。

"我知道你为什么到这里来,"严寒老人伊万诺维奇说道,"你的水桶掉到我院子的台阶上了。我会把水桶还给你,但是你要为我做三天仆人。三天后,如果你是一个聪明人,那就会变得更聪明;如果你很懒惰,那你就会变得更懒。现在,老头子我要休息了。你去给我把床整理一下,然后铺好被子。"

鲁克听话地跟着严寒老人走进屋子里。严寒老人伊万诺维奇的屋子是用冰砌成的:冰门、冰窗和冰地板。墙上布满了雪花星星,还有明亮的太阳。屋子里的所有东西像钻石一样闪闪发光。严寒老人的床上铺的不是羽绒被,而是厚厚一层蓬松的雪花。非常寒冷,可是没有办法。鲁克开始敲打那层厚厚的雪,好让老人睡得能舒服些。可怜的鲁克,双手冻得僵硬,十个手指变白了,就像那些冬天在冰冷的水中洗床单的穷人,双手冻僵,寒风刮到脸上,床单冻得像硬硬的木棍,可是没有办法,还是要干活。

"没关系,"严寒老人伊万诺维奇说道,"只是用雪擦了擦手指,都会过去的,不会冻掉。我是一个善良的老头子。看,我这里有多少神奇的东西。"

他掀起自己那用雪花做的绒被,于是鲁克看到,在被子下面铺着绿绿的麦苗。鲁克非常心疼可怜的麦苗。她说道:

"你说自己是一个善良的老人,可为什么要把绿绿的麦苗压在厚厚的雪下面,却不让它在阳光下生长呢?"

"不让它在阳光下,是因为还不到时候,麦苗的力量还不够强大。"伊万诺维奇说道,"善良的人们秋季把麦子播种到地里,它刚发芽,冬天就来了。如果冬天抓住它,那麦苗就永远不能见到夏天并长大。我把嫩嫩的麦苗藏在雪绒被下面,自己在上面躺着,不让风把雪吹走。等到春天来临,雪绒被慢慢融化,麦苗就会冒出来。到时候,就会长成麦子。农夫把麦子收割起来,送到磨坊,把它们磨成面粉。然后,你就可以用面粉烤面包了。"

"伊万诺维奇,那你为什么要坐在井里呢?"鲁克好奇地问。

"我在井里坐着,因为春天快来了。"严寒老人回答道,"我觉得热起来了;你知道,即使在炎热夏天,井里是冰冷的,井水因此也冰凉冰凉的。"

"那您为什么冬天里沿街溜达还敲大家的窗户呢?"鲁克又问。

"我敲那些窗户,"伊万诺维奇说,"是为了提醒人们不要忘记熄灭炉火、把烟囱通风,因为有些马马虎虎的人,离开时忘了熄灭炉火,或者点炉子时忘了检查烟囱,结果柴火不能完全燃烧,有人因此嗓子疼,或者头疼,眼睛发绿,甚至死于烟雾中毒。我敲窗,还有一个缘故,就是想提醒人们不要忘记,他们坐在温暖的房间里,穿着暖和的大衣,可是世界上还有穷人冬天里挨冻,因为他们没有大衣,也没有钱买柴火取暖。我敲窗,就是让人们不要忘记去帮助那些穷苦的人。"

慈祥的严寒老人伊万诺维奇抚摸了一下鲁克的头,然后躺在自己的雪绒被上,开始睡觉。

鲁克把屋子里的东西都收拾整齐,然后来到厨房,准备好餐食。她把老人的衣服洗得干干净净,又将亚麻布的床单熨烫得平平整整。

严寒老人睡醒了。他对鲁克做的事情非常满意。两人坐下来吃饭。饭菜很丰盛,尤其是冰淇淋甜美可口,这可是老人自己做的。

就这样,鲁克在严寒老人伊万诺维奇那里住了整整三天。

第三天,伊万诺维奇对鲁克说:

"谢谢你,你是一个聪明的女孩。你把我这个老头子照顾得很好,但是我不会亏待你的。你知道,人们好的手艺一般会得到钱财回报。这是你的水桶,我已经把桶里装满了银币。除此之外,作为特别的纪念,我送你一条镶有钻石的头巾。"

鲁克谢过严寒老人,戴上镶有钻石的头巾,提起水桶,回到井底,抓住绳子,回到了地面。

鲁克快到家的时候,她平日喂养的大公鸡远远地就看到了她,高兴得飞到篱笆上,大叫起来:

"咯咯嘎——咯咯嘎!鲁克提了一桶银币回来啦!"

鲁克回到家,讲述了发生的一切。嬷嬷非常惊讶,然后对列尼说道:

"你看,勤劳的人总是有好的回报。你也到老人那里去,照顾他,干干活,比如收拾收拾房间,在厨房做做饭,缝缝衣服,洗洗床单。你也会挣到多多的银币。快过节了,家里正好需要钱买东西。"

列尼对照顾老爷爷可是一点也不感兴趣,但她很想得到那些银币,还有镶着钻石的头巾。

就这样,学着鲁克的样子,懒惰的列尼来到井边,抓住绳子,

"噗"一下到了井底。

她一看,眼前一个火炉,炉上坐着烤得焦黄焦黄的馅饼。馅饼看着列尼,开始说话:

"我已经烤好了,用面粉、砂糖和葡萄干做的。谁将我从炉子里取出来,我就跟谁一起走。"

列尼回答说:

"是吗,原来这样的。我才懒得拿起铲子送到炉子里。你要是愿意,自己蹦出来吧。"

她继续往前走。在她面前出现了一个花园,花园里长着一棵树,树上挂满了金苹果。苹果摇动着树叶,自言自语说着:

"我们这些苹果,果汁饱满,完全成熟了。树根滋养了我们,可是被冰冷雨水浇着。谁把我们从树上摇下来,谁就可以把我们带走。"

"是吗,原来这样的,"列尼说道,"我才懒得用手去摇树。要是你们自己掉下来,我捡起来就是了。"

列尼从苹果树边走过,继续往前。现在她来到了严寒老人伊万诺维奇跟前。老人和以前一样,坐在冰床上,吃着雪块。

"小姑娘,你需要什么呢?"他问列尼。

"我来找你,"列尼回答说,"我要在你这里干活,然后获得回报。"

"小姑娘,你讲得非常好,"严寒老人说,"干活拿钱是应该的。我们来看看,你需要做哪些事情。你把我的绒被拍打拍打,然后去做饭,接着把衣服洗干净,把床单熨平整。"

列尼去拍打绒被,可是暗自想着:

"我会累着自己,手指会酸痛的。反正老头也不会发现,他在没有拍打的绒被上照样睡觉。"

严寒老人果真没有发现,或者说假装没有发现列尼并没有拍打绒被,他钻进被子里,睡着了。列尼走进厨房。

来到厨房,列尼并不知道该做什么。她很喜欢吃东西,但是如何准备食物,她可是想也想不到。平时在家她甚至懒得去厨房看看都有哪些吃的。

她看了看四周:面前摆着蔬菜、肉、鱼、醋、芥末、格瓦斯等等,一应俱全。她想啊想,到底该怎么清洗蔬菜,怎么把肉和鱼切成小块。为了省事,列尼把那些洗过没洗过的蔬菜,还有肉、鱼,连醋和芥末,还有格瓦斯,一股脑儿全放进大锅里。她想:"我为什么要让自己受累,每一道菜都单独做呢?毕竟,到了胃里,它们还是都会混到一起的。"

这时严寒老人醒来了,他要求开饭。列尼把大铁锅拖到了他的跟前,餐巾也没有给老人铺开。伊万诺维奇尝了一口,皱了皱眉,沙子塞得牙齿嘎吱嘎吱响。

"你的饭做得很好,"严寒老人微笑着对她说,"我们来看看,接下来你需要干什么。"

列尼尝了一口自己做的饭,马上吐了出来,因为那些东西让她反胃,实在是难以下咽。老人哼了一声,又哼了一声,自己去厨房重新做饭菜。新的饭菜非常可口,列尼贪婪地吃着,连手指上沾的菜汁都要吮吸干净。

饭后,严寒老人又躺下来休息,他提醒列尼说,他的衣服需要拆洗,床单也需要熨平整。

列尼嘟起了嘴巴,可是没有办法:她把衣服拆开,洗干净,麻烦的是,她把外套和内衣缝到了一起;再拆开来,她无论如何也无法把它们恢复原样了。列尼干脆把这些弄坏了的外套和内衣扔掉了。

老人仿佛什么也没有发现,叫列尼吃晚餐,甚至帮她铺好了床让她睡觉。

列尼乐享其成,她暗暗想道:

"也许就这样过关了呢。姐姐她自己心甘情愿干那么多的活儿,其实老人很好,他一定会白送我许多银币。"

第三天,列尼来到伊万诺维奇跟前,请求他让她回家,当然,要奖励她完成的那些工作。

"你都做了哪些工作呢?"严寒老人说,"如果实话实说,你应该付钱给我,因为不是你为我服务,而是我为你服务。"

"怎么会这样!"列尼叫起来,"我可是在你这里住了整整三天。"

"亲爱的孩子,"老人说,"我来告诉你:住和服务是不同的,而且工作和工作也不一样。记住这一点,将来对你非常有用。但是,为了让你不太难过,我会给你奖励:你做了什么样的工作,给你什么样的奖励。"

说完这些话,伊万诺维奇给了列尼一个非常大的银锭,并在她的另一只手中放了一颗大钻石。列尼非常高兴,抓起银锭和钻石,甚至都没有向老人表示感谢,就向家里飞跑而去。

回到家,列尼炫耀说:

"看,这是我挣来的:不是姐姐那镶着小小钻石的头巾,也不是银币,而是整整一大块银锭,沉甸甸的,钻石也有拳头那么大。拿这些钱,我们可以买所有的新东西过节了。"

列尼的话音未落,银锭开始融化,滴答着掉到地板上,原来,

这是冻成了条状的银汞;与此同时,钻石也开始融化。公鸡跳到篱笆上,大声喊道:

"咯咯嘎——咯咯嘎!列尼手上原来都是冻住了的冰柱。"

**想一想**

这个故事说明什么道理?为什么严寒老人说并不是所有的工作都是好的和值得奖励?

# 金 斧 头

有一个农夫,和他的孩子们住在庄园里。为了能够养活孩子们,他每天起早贪黑去地里种庄稼、到森林里砍柴,非常勤劳。

农夫有一把斧头,是他的爷爷曾经使用过的。虽然已经有些年头了,但是农夫很是爱惜,除了砍柴,平时不舍得用它。

有一天,农夫又到森林里砍柴。天气炎热,眼看着砍好的柴垛堆得越来越高,他决定让自己稍稍休息一下。

森林边上有一个大大的湖,湖水清澈,如果仔细看的话,还能看到在水中游耍的鱼儿。不过湖水很深很深,无法看到湖底。

农夫来到了湖边,坐在一块平整的大石头上,把砍柴的斧头顺手放在身边。他脱掉鞋袜,把双脚放到湖水里,举起双手,伸了一个大大的懒腰,然后很惬意地闭上眼睛,享受着劳作之后的片刻放松。

突然,农夫听到身后传来窸窸窣窣的声响,好像有什么东西在偷偷地向他靠近。他猛地睁开双眼,扭过头看去,原来是一只狐狸站在草丛里,一双狡猾的眼睛滴溜溜地看着,一只前爪轻轻地刨着地面。

紧张的农夫舒了一口气,心想,只要不是恶狼或者大黑熊就好。他转回头,继续看着静静的湖面和倒映在水里的云彩。远处,快乐的鸟儿在树枝上蹦跳着,时上时下。

又过一会儿,农夫站起身来。他该拉着砍好的木柴回家了,孩子们还等着他呢。可能是坐的时间比较长,双腿有些僵硬,也可能是双脚湿溜溜的太滑,反正他一下没有站稳,向后趔趄了一步。没想到这一趔趄,碰到了倚放在石头边的斧头。斧头一晃,"扑通"掉进了湖水里,转眼没有了踪影。

这斧头可是爷爷留下的,一家人的柴火也要靠它。农夫一屁股坐在地上,伤心地哭了起来。

突然从水里钻出来一个魔鬼。魔鬼问他:

"怎么了,伙计,为什么哭啊?"

"老兄,我的斧头掉进水里了。"

魔鬼钻进湖水中,过了好一会儿,冒出水面,手里拿着一把银斧头,问道:"这是你的斧头吗?"

"不是,"农夫回答,"不是我的……"

魔鬼又钻进水中,过了一会儿,冒出水面,这一回手里拿着一把金斧头。他问道:"这是你的斧头吗?"

"不是,"农夫回答,"不是我的……"

魔鬼第三次钻进水里,等他再次冒出来的时候,手里拿着农夫的那把斧头。他问道:"这是你的斧头吗?"

"对,对,对,"农夫高兴地回答,"这是我的斧头。"

于是,魔鬼把那把斧头,连同之前拿出来的金斧头和银斧头,一起都给农夫了。

农夫高高兴兴地回家了,忍不住把发生的这件神奇的事情告诉了其他人。

这件事被一个富人听到了,羡慕不已,他也想要金斧头和银斧头。于是,富人来到那座湖边,把一把普普通通的斧头直接扔进了湖水里,然后愁眉苦脸地坐在湖边,不断唉声叹气。

魔鬼从湖水中冒出来,问他:"怎么了,伙计,你为什么在这里唉声叹气?"

"好心人,我的斧头掉到水里了!"

魔鬼钻进水里,过了一会儿,冒出来,手里拿着银斧头问道:"这是你的斧头吗?"

富人心里狂喜,刚想说是,又一想,金斧头还没有拿到。他假装平静地回答:"不是,这不是我的……"

魔鬼又钻进水里,过了一会儿,冒出来,手里拿着富人扔进湖里的斧头,问道:"这是你的斧头吗?"

富人感到非常意外,怎么不是金斧头?!他不死心,于是很干脆地回答:"不是,这不是我的……"

魔鬼带着斧头再次钻入水里。富人非常高兴,以为魔鬼是去拿金斧头了。这一次,魔鬼再也没有从水里出来。

最后,这个富人连自己的斧头也没有了。

**想一想**

为什么农夫能得到金斧头和银斧头,富人却失去了自己的斧头?

## 青 蛙 公 主

很久很久以前,有一个国王,他有三个儿子。当儿子们长大成人,国王把他们叫到一起,对他们说:

"我亲爱的儿子们,趁着我还没有老,我想给你们娶亲,想看到你们的孩子们,我的孙子们。"

三个儿子齐声回答父亲说:"好的,父王!不过您想给我们娶谁呢?"

"孩子们,你们一人拿一支箭,到空旷的田野把箭射出去,箭落到哪里,你们的未婚妻就在哪里。"

王子们向父王深深一鞠躬,各自取了一支箭,来到空旷的田野,拉紧弓,射出了命运之箭。大王子的箭落到一个贵族大臣的院子里,贵族大臣的女儿拾起了这支箭。二王子的箭落到一个富裕商人的院子里,商人的女儿捡起了这支箭。

最小的伊万王子,和哥哥们一样,搭弓射箭,可他射出的箭飞得无影无踪,不知落到了哪里。伊万王子走啊,走啊,走过田野和乡村,来到了一个大大的沼泽旁边。只见沼泽边蹲着一只青蛙,正托着他的那支箭。

伊万王子对它说:"青蛙,青蛙,请把箭还给我吧!"

青蛙真的开口说话了,不过它说的是:"娶我做妻子吧!"

"你说什么呀!我怎么能娶一只青蛙做妻子呢?"

"带我走吧,这是你命中注定的啊。"

伊万王子只好带着青蛙回到王宫。

国王为三个儿子举办了盛大婚礼:给大王子娶了贵族大臣的女儿,给二王子娶了富商的女儿,给可怜的伊万王子娶了一只青蛙。两个哥哥非常怜悯弟弟伊万,可是没有办法,谁让他把箭射飞了呢。两个嫂子也非常瞧不起伊万的青蛙王妃,背后里经常笑话他们。

过了几天,国王把三个儿子又叫到一起,对他们说:

"孩子们,你们都已娶妻成家。我想知道,哪一个新娘的针线活儿做得最好。这样吧,让她们每人给我做一件过节穿的衬衣,明天一早给我。"

三个王子向父王恭敬地鞠了一躬,各自回家了。

伊万王子回到家中,看着自己的青蛙妻子,闷闷不乐。

"亲爱的伊万王子,你为什么耷拉着脑袋?为什么闷闷不乐呢?什么事情让你不高兴了?"青蛙王妃关心地问道。

"父王想考考你和两个嫂子的针线活儿手艺,吩咐说让你们每个人给他做一件新衬衣,明天一早送给他。"

青蛙答道:"别发愁,我的伊万王子。你安心去睡觉吧,明天一切都会好起来的。"

伊万王子听话地去睡觉了。等他睡着了,青蛙蹦到台阶上,脱下青蛙皮,变成了美丽的瓦西丽萨。她拍了一下巴掌,叫道:

"奶娘们,保姆们,赶紧忙起来吧,请在天亮前给我缝好一件新衬衣,要和我父亲新年穿的那件一模一样。"

早上,伊万王子醒来,青蛙在地板上蹦来蹦去,新衬衣已经摆放在桌上,用一块毛巾包裹着。伊万王子打开一看,非常高兴,拿起衬衣就去父亲那儿。

这时,国王正在看着大儿媳和二儿媳的作品。大儿子打开衬衣,国王瞄了一眼,说:"这件衬衣只能在黑屋子里穿。"二儿子打开了衬衣,国王扫了一眼,说:"穿上这件衬衣,只能去澡堂子了。"

伊万王子打开了手中的包裹,大家眼前一亮。看着镶着金丝银片、绣着精致花边的华丽衬衣,国王高兴地叫道:"对,这才是过节穿的呢!"

兄弟三人各自回家了。两个哥哥好生奇怪:"看来,咱们取笑伊万的老婆是不对的,她根本不是什么青蛙,倒像是个妖精……"

国王又叫来三个儿子:"明天天亮前,让你们的妻子每人给我烤一个面包。我想知道,谁最会做饭。"

伊万王子耷拉着脑袋回到家。青蛙问他:"亲爱的王子,你又为什么闷闷不乐呢?是父王批评你了吗?"

伊万王子回答说:"父王要考考你和两个嫂子的厨艺,要求你们每个人给他烤一个面包,明天一早送给他。"

"别发愁,我的伊万王子。你安心去睡觉吧,明天一切都会好起来的。"

大王子妃和二王子妃不敢再小瞧青蛙,这次多了一个心眼,打发女仆偷偷去看青蛙会怎样烤面包。聪明的青蛙早就料到了。她假装不知道有人在偷看,认真地揉起面来,然后把炉子拆开,把整团发面直接倒进了炉洞里。王子妃的女仆赶紧回到宫里,报告了她所看见的一切。大王子妃和二王子妃决定照葫芦画瓢,学着青蛙的样子做起来。

这时,青蛙又蹦到台阶上,变成了瓦西丽萨。她拍了一下巴掌,说:

"奶娘们,保姆们,赶紧忙起来吧!请在天亮前给我烤好一个软软的大面包,要像我在父亲那儿吃过的那种面包一样。"

伊万王子清早醒来,桌上已经端端正正地摆着一个面包,面包顶部是几座带有城门的小小城堡,四周装饰着精巧别致的图案,都是印花模子刻出的美丽花纹。

伊万王子高兴极了,他用洁白的餐巾把面包包好,赶紧送到父亲那里。

这时,国王正在接受两个大儿子送来的面包。大王子妃和二王子妃按后宫女仆说的那样,把发好的面团扔到炉子里,结果烤出来的都是黑乎乎一团,看不出来是什么。国王接过大王子的面包,看了一下,一言不发,挥挥手让人拿走了。二王子的面包,也受到同样的待遇。当伊万王子把面包呈上时,国王眉开眼笑地说:"这才是过节时吃的面包呢!"

国王下令,吩咐三个儿子明天带着各自的妻子到王宫里参加宴会。

伊万王子没精打采地回到家,青蛙在地板上蹦着:"亲爱的伊万王子,什么事情让你这样发愁?是不是父王出了新的难题?"

"青蛙啊,青蛙,我怎能不发愁!父亲要我明天带你去参加宴会,我怎能让你见人呀?"伊万王子说道。

青蛙回答:"别发愁,我的伊万王子。明天你一个人先去赴宴,我随后就来。当你听到热闹的敲打声和巨大的雷声时,别害怕。人们问你,你就说:'这是我的小青蛙乘马车来了。'"

第二天,伊万王子一个人出发进王宫了。两个哥哥带着妻子早就到了。两个王子妃穿着华丽,戴着金银珠宝,浓妆艳抹很是招摇。她们站在台阶上,不怀好意地问伊万王子:"亲爱的伊万王子,你怎么没把青蛙王妃带来呀?哪怕把她裹在小手绢里带来也好呀。这样的美人儿,打着灯笼也难找。"

国王带着三个儿子、两个儿媳妇入席了,所有的客人也都找到了自己的座位。

突然,响声四起,雷声大作,整座宫殿都摇晃起来。客人们吓坏了,从座位上跳起来。这时伊万王子说道:"尊敬的客人们,别害怕!这是我的小青蛙乘马车来了。"

一辆六匹白马拉着的金色马车飞驰而来,稳稳地停在王宫的台阶前。从马车里款款走出瓦西丽萨·普列穆德拉娅:她身穿蓝色连衣裙,裙子上镶着的钻石像夜空的繁星闪烁;头戴王子妃头冠,端庄美丽,仪态万千。她挽起伊万王子的手,走到餐桌旁,停在花纹美丽的桌布边。

宴会开始,客人们享用美食,十分快乐。

瓦西丽萨喝了一口酒,把剩下的都倒入自己左手的衣袖里。她又吃了一些天鹅肉,然后把骨头扔到右手的衣袖里。大王子妃和二王子妃一直偷偷关注着她的一举一动,也模仿她的样子,把酒倒到左衣袖,把天鹅骨头放到右衣袖。

宴会结束,接下来是盛大的舞会。瓦西丽萨轻轻地牵过伊万王子的手,走到舞池中央,欢快地跳起舞来。她跳呀,转呀,舞姿曼妙优美,吸引得周围人忘了跳舞,全都入神地看伊万王子夫妇舞蹈。瓦西丽萨挥动了一下左边的衣袖,大家眼前突然出现一个湖泊。她又挥动一下右边的衣袖,湖面上游来一群白天鹅。国王和客人们震惊了,说不出话来。

大王子妃和二王子妃也开始跳起舞来,她们挥动了一下左衣袖,没想到衣袖里的酒溅了身边客人一身;再挥动一下右衣袖,只见骨头四面飞去,有一块正好落到国王的脸上。国王勃然大怒,赶走了大儿媳和二儿媳。

这时,伊万王子悄悄跑回家中,在家里四处寻找,终于找到了青蛙皮,赶紧把它扔到炉子里烧掉了。他以为这样就可永远留下瓦西丽萨了。

瓦西丽萨回到家里,发现青蛙皮没有了。她难过地失声痛哭,对伊万王子说道:

"唉,伊万王子,你都做了些什么呀?本来再过三天,我就可以永远属于你了。可现在,我们不得不永别了。如果你愿意,就到那遥远的王国,到我那凶狠的父亲那里去找我吧……"说完,瓦西丽萨变成了一只灰色布谷鸟,从窗户飞走了。

伊万王子悲伤欲绝,不知该向哪个方向寻找妻子。可是他知道,自己一定要找到她。伊万王子一直不停地往前走,也不知走了有多远,靴子磨破了,衣衫穿烂了,他还是继续走着,走着。

这时,迎面走来一位白发苍苍的老头。

"你好,善良的小伙子!你这是要上哪儿去呀?"

伊万王子把自己的不幸遭遇告诉了老人。老人对他说:

"唉,伊万王子,你不该把青蛙皮烧掉呀,因为不是你给她穿上的,就不该由你给她脱下。瓦西丽萨一生下来,处处比她父亲聪明,为人又善良,很得大家的喜爱。因此,她那心胸狭隘的父亲非常忌恨,施展魔法让她变三年青蛙。如果你不烧掉青蛙皮,那时再过三天就满三年,她就可重获自由了。但是你把事情全都弄糟了。看在你真心爱着她的分上,我给你一个线团:它滚到哪儿,你要勇敢地跟着它到哪儿。我只能帮你到这里了。"

伊万王子真心谢过老人,跟着线团向前走。线团不停地往前滚着,他在后面紧紧跟着,一刻不敢放松。

走到一片开阔地,碰见一只熊。伊万王子拉弓瞄准,想射死这只野兽。没想到熊开口说话:

"尊敬的伊万王子,请你别打死我!说不定什么时候我能帮助你。"

伊万王子心生怜悯,放下弓箭,继续往前走。这时头顶上飞过一只野鸭。王子又拉弓瞄准,准备射箭。野鸭也开口对他说:

"尊敬的伊万王子,请你别打死我!我将来对你会有帮助的。"

他怜悯野鸭,放下弓箭,继续往前走。眼前突然跑过一只兔子,他想射死这只兔子,可兔子开口对他说:

"尊敬的伊万王子,请你别打死我!我对你会有用的。"

王子很是可怜兔子,放下弓箭,自己继续向前走。

他来到一片蓝色的海边,看见海岸沙子里躺着一只狗鱼。狗鱼呼吸困难,开口对他说:

"尊敬的伊万王子,可怜可怜我,请把我扔到蓝色的大海里去吧!"

他把狗鱼扔到蓝色的大海里,跟着线团又继续沿着海边走。

走了很久很久,线团滚到一片森林旁,那里有一幢小屋,用鸡腿支撑着,在不停地打转。王子喊道:"小屋,小屋,快停住!像之前的那样:背靠树林,脸对着我。"小屋转向他,背靠树林,停住了。

伊万王子走进小屋,看见在炉台的第九块砖上躺着一个模样可怕的女妖:长着瘦骨嶙峋的长腿,有颗牙齿搭到隔板上,鼻子却伸进了天花板。

"善良的年轻人,为何来到这里?"女妖问道,"是有事要办吗?还是有麻烦要躲避呢?"

伊万王子知道她是妖怪,不客气地回答道:

"喂,老妖婆,你最好还是先给我弄点吃的,让我好好洗个蒸汽浴,然后再问吧!"

女妖让他洗了个蒸汽浴,弄了很多食物。王子吃好喝足,躺在床上休息了一会儿。这时,伊万王子才告诉她,自己是来找妻子瓦西丽萨的。

"啊,我知道,知道。"女妖对他说,"你妻子如今被她那凶巴巴的父亲关着,要救她出来可是不简单。她父亲绰号'不死翁',因为他的命根系在一颗针尖上,那颗针藏在一个鸭蛋里,蛋在一只母鸭肚子里,母鸭又待在一只兔子的肚里,那只兔子蹲在一个大石头箱子里,大石头箱子搁在高高的橡树上。只要他的命根没有人找到,老头子就不会死去。'不死翁'亲自保护着这个箱子,就像保护他的眼睛一样。"

伊万王子在女妖家里住了一宿。第二天早上,女妖朝那棵高大橡树生长的地方指了指。伊万王子顺着往前走,又不知走了多久,终于到了那里。一看,高大的橡树高耸入云,树叶被风吹得哗哗作响。果然,在树顶上放着一个大石头箱子,想要取下它来,可真是比登天还难。

就在这时,不知从哪里跑来一只熊,它用两只前爪抱住橡树根部,把橡树连根拔起。树顶上的箱子高高地掉下来,一下摔碎了。从箱子里蹦出一只兔子,撒腿就逃跑。但是,在它后面马上有另一只兔子紧追不放。后面的兔子追上了它,把它撕得粉碎。从死兔肚中飞出一只母鸭,它拼命向高空飞去。一只野鸭从旁边飞起,猛然朝母鸭扑去,使劲撞向它,一颗蛋从母鸭肚中掉了出来,掉进了蓝色的大海……

伊万王子伤心地哭泣起来,这茫茫大海,怎么才能找到那个蛋呢……

突然,朝着岸边游过来一只狗鱼,它的嘴里正叼着那个珍贵的蛋!伊万王子立刻打碎蛋壳,取出藏在里面的针,用尽全力要把针掰断。在他掰针尖的时候,瓦西丽萨那凶狠的父亲开始浑身颤抖,他疼得满地打滚,做着临死前的挣扎。但是,不管他怎样挣扎折腾,针尖终于被伊万王子掰断了。坏蛋"不死翁"死了。

伊万王子快速朝着"不死翁"住的白石头房子跑去,瓦西丽萨迎面向他飞奔而来,两人深情地拥抱在一起。伊万王子带着瓦西丽萨回到家中,他们从此过上了幸福的生活。

**想一想**

青蛙公主是如何通过国王的三次考试的?伊万王子为了救青蛙公主,做了哪些事情?

# 爱　歌

爱歌(Echo)[1]是一位美丽的女神,她喜欢山林,经常在树林中玩耍。她深受狩猎女神狄安娜所宠爱,狄安娜出去打猎时总是由爱歌陪伴着。但是爱歌有一个缺点:她喜欢说话,而且无论什么时候,无论和谁在一起,她总要讲最后一句话。

一天,天后朱诺四处寻找她的丈夫朱庇特,因为她疑心丈夫又在和仙女们玩笑着。天后看到了爱歌,问她问题,爱歌回答她,说起话来没完。其实爱歌是在设法拖延时间,好让那些仙女们赶紧逃走。

天后发现了真相,大怒,对爱歌宣判:"你欺骗了我,罚你今后不能再用舌头说话!你只能用你的舌头去做你所最爱做的事——就是应声。你仍旧可以说最后一句话,却不能先开口。"

爱歌从此失去了说话的能力,只能简单地应答。一个美貌的少年那西沙斯在山上打猎,爱歌爱上了他,就跟着他走。她多么渴望能对心爱的人说温婉娇柔的话,两个人热烈地交谈!但是她无法先开口。她默默跟着那西沙斯,焦急地盼着他能先开口说话,她早已准备好回答了。

有一次,那西沙斯和他的同伴们彼此失散了,他大声喊:"谁在这儿?"

"在这儿。"爱歌答道。

那西沙斯向四周看看,看不见人,就叫道:"来!"

"来!"爱歌应道。

但是没有人来。那西沙斯又叫道:"你为什么躲避我?"

"你为什么躲避我?"爱歌问了同一句话。

"我们在这里相会吧。"那青年说。

爱歌满心欢喜地说了同样一句话来回答他,自己连忙走到那西沙斯站立的地方。她伸出双臂,想搂抱心爱之人。

不料那西沙斯认出了爱歌,倒退几步,喝道:

"别动手动脚的!我宁死也不让你要我!"

"要我!"爱歌努力地说。但是没有用,那西沙斯决绝地走了。爱歌只得去躲在树林的深处,掩藏她的羞愧。

从此以后,爱歌住在岩洞里和山崖石壁之间。她因为伤心,玉肌一天一天地消瘦下去,到后来只剩下骨骼,变成了岩石;最后形影俱无,只剩下她的声音。若有人叫她,她依然即时回应,并且保持她的老习惯,说最后一句话。

**注释**

〔1〕Echo:意为"回声"。

**想一想**

根据这则神话,"回声"的来历是什么?

## 桃太郎的故事

很久以前,在日本岛上,住着一个老妇人和她的丈夫,没有孩子,两人的生活非常贫穷艰难。有一天,老妇人在河边洗衣服,看见一个非常大的桃子漂在水面。她从来没有看见过这样大的桃子。她想用这大桃来当一顿好饭,可是找不到木棍,无法把桃子拨到岸边。发愁之间,她忽然想起几句诗来:

  远处水苦,近处水甜;
  绕过远处,来到岸边。

她唱着这首小诗,果然起了效果。桃子自己漂过来了,越来越近,终于在老妇人的脚边停下了。她俯下身去,双手把它捧起来。得到了桃子,老妇人非常高兴,急急忙忙地回家去了。

黄昏时,她丈夫背着一捆草回家来。老妇人兴高采烈地从碗橱里拿出桃子来给他看。

老头子又累又饿,有桃子可以当饭吃,很是高兴。他立刻去拿刀来切桃子。正当他要往下切时,桃子忽然自己裂开了,从桃核里跳出一个漂亮健康的男孩子,冲着他们两人快乐地微笑着。

"不要怕,"小男孩说,"天神们知道你们渴望有孩子,因此派我来,好让你们晚年得到安慰。"

这一对老夫妇高兴极了,他们轮流抱他,吻他,对他说了许多甜蜜的、疼爱的话。他们给他取名为"桃太郎"。

桃太郎和养父母一起快乐生活。到十五岁的时候,他长得比同年龄的男孩子高得多,也强壮得多。他已表现出伟大英雄的气概,他是一个武士式的英雄,爱打抱不平。

有一天,桃太郎来到养父跟前,请求允许他出去做一次长的旅行,到东北海的某一个岛上去。那岛上住着许多魔鬼,他们专门捕捉无罪的人,吞吃他们。桃太郎想杀死他们,救出那些不幸的俘虏,并且把魔鬼藏在岛上的宝物带回来,和他的养父母一同分享。

老人听说了这个大胆的计划,吃惊不小。不过他知道桃太郎不是一个普通的孩子,是天神派来的。他相信世界上的魔鬼不能伤害到桃太郎,因此答应了他,说:"去吧,桃太郎,去杀死魔鬼,为人们造福!"

老妇人给桃太郎准备了许多米糕做干粮,桃太郎就和养父母告别,出发前往那个海岛。

走累了,桃太郎在一个篱笆下休息,拿出一块米糕吃。一只很大的狗走到他面前,向他狂吠,并且开口说话:

"给我一块糕,要不然我就咬死你!"

但是,当它知道面前是有名的桃太郎时,赶紧把尾巴夹在双腿之间,向桃太郎叩一个头,请求带它一起走,愿意为桃太郎服务。

桃太郎欣然地收了这只狗。他丢半块米糕给狗吃,然后他们一同上路。

他们走了没有多久,遇见一只猴子。这猴子也要求跟桃太郎走,要为桃太郎服务。桃太郎答允了它。但是狗和猴子总是打架,过了很久它们才开始友好相处。

他们继续往前走,碰到一只野鸡。野鸡也参加了桃太郎的队伍,它谦恭地走在最后。

最后,桃太郎和他的一群动物朋友来到了东北海的海岸,在那里找到了一只船。狗、猴子和野鸡都胆小,一开始不敢坐船,但是最终他们四个都上了船。小船立刻在蓝色的海上飞快地驶起来。

在海上航行了许多天以后,他们看见一个岛,这就是魔鬼居住的地方。桃太郎叫野鸡飞去,做他的使者,通报他已来到,叫魔鬼们投降。

野鸡从海面上飞过去,落在一座城堡的屋顶,大声通报"桃太郎来了"这个惊人的消息,要魔鬼们赶紧投降。

魔鬼们毫不在意,拿出铁条,狠狠地向野鸡扔过去。野鸡巧妙地避开了他们的攻击,不断地飞到魔鬼的头上去。

这时候,桃太郎带着狗和猴子已经上岸了。在城堡附近的河边,他看见两个少女在伤心地哭泣。桃太郎上前询问。

"啊!"她们悲苦地说,"我们是大名族[1]的女儿,现在却被关在这个可怕的岛上,做了魔王的俘虏。他马上就要杀死我们。唉,没有人来救我们!"她们说着,又哭起来了。

"姑娘们,快别难过!"桃太郎说,"我来到这里,就是为了要杀死这些魔鬼。请你们告诉我,怎样才能进这座城堡。"

在两个少女的带领下,桃太郎、狗和猴子通过一个小门悄悄地进入到城堡里面。他们发起了勇猛的攻击,魔鬼们非常害怕,不少从城墙上掉下来,跌得粉身碎骨。除了魔王以外,其他的魔鬼很快就被桃太郎和他的同伴们杀死了。魔王很狡猾,决心投降,求他们饶他的命。

"不,"桃太郎厉声说,"我不会饶你的!你害了那么多无辜的人,许多年来一直抢掠这个国家。你必须受到人们的严惩!"

桃太郎把魔王交给猴子看管,自己去搜查城堡里的所有房间,寻找被魔鬼关在那里的人们。被关押的人都释放了,还找到了不少财宝。

桃太郎把那两位大名族的少女送回她们家里,被关在岛上的其他人,也都各自回家了。

全国为桃太郎的胜利欢庆,桃太郎的养父母尤其高兴。他们得到了桃太郎从魔鬼那里带回来的宝物,很安逸地度过晚年。

**注释**

〔1〕大名族是镰仓时代大地主的一族。

**想一想**

桃太郎去杀死魔鬼的路上遇到了哪些同伴?他们是怎样战胜魔王的?

## 富士山的传说

从前,有一个手艺老人,叫笃郎。他靠编竹篮为生,一个人生活。

一天,东方刚蒙蒙亮,笃郎和往常一样,从竹林里砍回一捆竹子,坐下来干活。突然他听见一个细柔的声音:

"你好呀!"

笃郎随口回答了一句:"你好。"他站起身来,前后左右张望了一番,可是一个人影也没有。

他又坐下来干活,刚拿一根竹管,想把它劈开,细柔的声音又响了,就像在耳边:

"你好呀!"

笃郎向周围打量一下,还是没见到一个人影,再往竹管里一瞧,原来在竹管里有一个小不点儿的女孩。他把小女孩倒出来,放在手掌上,仔细端详,发现她长得非常美丽。

"你是从哪里冒出来的呀?为什么这么小呢?"老工匠问。

"我是从月宫里来的,那儿的女孩子都是这么小,不过我们长得很快。昨天夜里,我到月宫旁边玩。那里风景非常美,我只顾四处看,走着,走着,不小心摔了跤,就掉到你们地面上来了。幸亏恰好掉进竹管里,要不然,恐怕要跌碎啦。"

"我能帮你做什么?"笃郎说道。

"把我收做女儿吧!"小女孩说,"你年龄大了,我能帮你编竹篮、烧火做饭、栽花种菜、洗衣衫,能做很多很多的事情。"

"好,那就留下来吧。"老工匠和善地说,"从今天开始,你就是我的女儿,你的名字就叫山竹子吧!"

山竹子留了下来,和笃郎一起生活。她手脚勤快,帮老人编篮子、烧火做饭、栽花种菜、洗衣衫,里里外外什么活儿都做。小女孩果真长得很快,没过多久,就长成一个亭亭玉立的大姑娘了。突然之间有了一个贴心的女儿陪伴,老工匠非常开心。

离老工匠家不远,有一个铁匠,他是一个快活、健壮的小伙子。年轻的铁匠心灵手巧,他能把金银铜铁,甚至宝石,得心应手地打成各种精巧的艺术品。铁匠整天在铺子里一边干活,一边高兴地唱歌。

有一天,铁匠看见了山竹子,立刻就爱上了她,山竹子也喜欢铁匠。铁匠向老工匠求亲,请求把女儿嫁给他。老工匠尊重山竹子的心愿。山竹子对铁匠说:"你是一个心灵手巧、勤劳诚实的人,让我们在一起生活吧!"

她的话刚说完,明亮的太阳消失了,在漆黑的天空里,升起一轮阴森森的月亮。

山竹子惊吓得面容失色,泪流满面,说道:"我知道了,这是月神发怒了,她不准我和地面上的人相爱,命令我立即返回月宫。"

"不,不,我们要永远在一起!"铁匠挥着铁锤发誓,"我要日日夜夜守卫着你,绝对不让月神把你带走。"

山竹子什么也没有说,只是绝望地摇摇头。

山竹子和她的老父亲走进屋子歇息,年轻的铁匠守卫在门口。可是神通广大的月神把清幽幽的银光照在铁匠身上,铁匠立即睡着了。深夜,月神派她的喽啰要来把山竹子带走。喽啰们腾云驾雾飞向茅屋,他们轻易地打开了紧闭着的大门,闯入了山竹子的家。

山竹子从梦中惊醒,坚决地说:"我不回月宫,我要留在地面上,和铁匠在一起,决不分离。"

月神的喽啰,拿出一个精美的盒子,狡猾地说:"仁慈的月神答应让你们结婚,你看,这是月神送的贺礼。"

他们把盒子打开,里面有一件银光闪闪的衣裳,比皇后的盛装还漂亮。山竹子轻信了他们的话,穿上了这件美丽的衣裳。

善良的女孩中计了,原来这不是一件普通的衣裳,而是一件魔衣。谁穿上它,就会立即忘却往事。只有太阳的光芒才能解除它的魔力。山竹子一穿上魔衣,就忘记了她的老父亲,也忘记了心爱的铁匠。

月神派来的喽啰,让山竹子坐在云朵上,离开了地面,向远处的月宫飞去。

就在这时,铁匠醒过来,他跑进屋里,不见了山竹子。铁匠慌忙跑出门来,抬头一看,有一朵云彩正离开地面,慢慢向天空飞升。他立即明白了,山竹子让月神派来的喽啰带走了。

愤怒的铁匠拿着铁锤,紧追在云朵后面,他追了好几个钟头,还是没有追上。正在这时,那朵云停在一座高山的峰顶,铁匠快步登上山顶大叫:"山竹子,山竹子!我救你来了!"

但是,那朵云又飞起来了,飞快地飞向月宫。铁匠无可奈何,悲恸欲绝。他绝望地用铁锤猛击山头,发泄心头的愤怒。山头裂开了,从裂缝里喷出冲天的火焰,直向云彩烧去。云彩被火烧着了,月神的喽啰们全被烧死了,只有山竹子平安无事,魔衣保护着她。

山竹子掉下来,落在高山顶上。铁匠快乐地奔到她的身边,拉着她叫道:"快跑,快离开这儿,快躲起来,再过一会儿,月神还会派喽啰来追捕你的。"

但是,山竹子穿着魔衣,她忘记了铁匠。看着铁匠,就像看着陌生人一样。

"你是什么人?"山竹子生气地推开铁匠,说,"快滚开,你拉着我想干什么?"可怜的铁匠心情实在难以形容,他满怀痛苦跳进山头的裂缝里去了。

就在这一刹那,太阳升起来了,它金色的光芒照射到山竹子穿的魔衣,魔衣的力量消失了。山竹子立刻记起了一切,她悲痛地叫道:"心爱的铁匠,等着我,我要和你一起去!"

说完,她也跳进山头的裂缝里去了。

许多人都说,山竹子和铁匠并没有死,他们避开了月神,还幸福地生活在地下宫殿里。当他们生火做饭的时候,山头的裂缝里就喷出一股火焰,升起袅袅的炊烟。

从此以后,人们就把这座大山叫做富士山,意思就是不死的山。

**想一想**

山竹子为什么忘记了铁匠?她又是怎么想起来的?

# 日食和月食的由来

在远古的印度,世界共有七层,中心的一层位于弥楼山的圣顶,四面有海洋环绕。弥楼山的下方有七层地狱,居住着蛇和恶魔。它的下方还有七重天,七重天的顶部是梵天,那里居住着超脱生死轮回的善良灵魂。

在天庭与地狱,分别住着天神族提婆和魔鬼族阿修罗两大部族。世间每一个生灵的身上,都具有善与恶的本性。他们通过自身努力的修炼,善良的本性得以发扬光大,就能够升入天神族,享用美食。相反,如果邪恶占了上风,就只能堕落为阿修罗,与魔鬼为伍,饱受饥饿。提婆和阿修罗之间的争斗,从来没有休止过。大多数时候,天神族占据着上风。

有一次,天界的守护神因陀罗不小心得罪了毁灭之神湿婆的分身之一陶尔梵撒斯。湿婆的诅咒立刻降临,因陀罗诸神以下,乃至三界因此而失去了活力,日渐枯槁,阿修罗趁机发起对天神们的进攻。遭到湿婆诅咒的众天神功力已经严重受损,无法抵挡敌人的猛烈攻击,被迫离开了天界。因陀罗非常不满,向梵天告状求援。

提婆和阿修罗都是梵天的儿子,梵天不愿意亲自动手处理,免得给人留下偏袒某一方的口实。他把这事交给了保护之神毗湿奴。毗湿奴是个好好先生,满口应承下来。他提议提婆和阿修罗一起作法求得长生不死的甘露,让大家都得永生。

毗湿奴告诉因陀罗:"你们必须允许阿修罗都参加,均分甘露,使他们也获得永生。"接着又安慰他:"不过,根据我的先见之明,这次他们将无功而返,因为他们无缘甘露。"众天神无奈,只好答应。

阿修罗在战争中已经元气大伤,一听到这个消息,自是欢喜,满口答应,因为分享长生不死的甘露实在机会难得。

已经冷静下来的湿婆大神,现在有些后悔了,但苦于无法自行破解之前布下的咒语,于是同意参加提婆和阿修罗他们共同寻求长生不死甘露的法事活动。

毗湿奴带着他的种种法宝、法螺、轮宝等,令诸神把草药投入大乳海,拔取曼荼罗大山,作为搅海的杵,再以龙族的龙王婆苏吉,作为搅杵的搅绳。他吩咐阿修罗持龙头,诸天神持龙尾,自己化为一只大海龟,沉入海底承受搅杵的重量。另一方面,毗湿奴以其大法身坐在高山之巅,将神力灌注于诸天神与龙王之身,开始搅动大海。

毗湿奴的"偏心"体现无疑——当龙王身体被绞紧时,龙口吐出毒焰和热气,把阿修罗们熏个半死。但龙尾在空中挥舞,却形成香云,时有甘雨洒落,诸天神工作轻松愉快——当然,这也是阿修罗咎由自取,因为毗湿奴深知他们多疑,一开始就建议阿修罗持龙尾,遭到拒绝。

搅海的工作持续了大约几百年,搅着搅着,从大乳海里搅出一只香洁牝牛。

意想不到的事情发生了——老龙王不堪痛苦,不慎把毒液吐进了大乳海,而这毒汁,足以毁灭三界。情势危急,湿婆毫不犹豫地取来,自己喝了下去。三界因而免受灭顶之灾,但是湿婆的喉咙因此被烧灼成了青紫色,他因此又被称为青喉者。

搅海的工作继续进行,又搅出了七头长耳天马,成了因陀罗的坐骑。之后出现的是天医川焰,手里托着长生不死甘露。最后出现的是幸运与美女神吉祥天,她成为毗湿奴的妻子。当长生不死甘露出现的时候,诸神欢欣鼓舞,阿修罗们有些不快,其中一个从天医手中抢了就跑。

毗湿奴急中生智,化身一个超级美女,混入阿修罗群中跳舞,阿修罗们被她的舞姿迷惑,天神趁机拿走了"不死甘露"。

阿修罗发现真相的时候已经太迟了,他们和天神立即爆发了新的争夺战。但是诸天神已经喝下"不死甘露",恢复了功力。阿修罗们不再是天神的对手,被打得落花流水,赶回地狱。因陀罗则回到天界重登宝座,从此三界平安无事。

但是,新的意外发生了。当毗湿奴拿走长生不老甘露的时候,被一个叫罗睺的阿修罗发现。他没有声张,而是偷偷变成天神的模样,混在他们的队伍里,希望自己也能分到一份"甘露",得到"永生"。可惜,罗睺的所作所为,被日神和月神识破,他们向毗湿奴报告,毗湿奴立刻作法,砍下了罗睺的头和手臂。这个时候,罗睺饮下的"不死甘露"已经到了咽喉。身首异处后,他的身体升入天空,头颅得到了永生。

从此,罗睺对日神和月神恨之入骨,无休无止地追逐日月,不时吞噬他们。因为他没有身体,每次被吞下的日月,很快就从他的喉部钻出来——大地上的人们就看到了日食和月食现象。

**想一想**

　　为什么会有日食和月食的现象？

# 为什么会有黑夜

在宇宙刚刚形成的时候,世上并没有黑夜。生活在南美洲的印第安玛雅人每天看到太阳刚在西边落下去,转眼就从东边又冉冉升起。明亮的阳光让他们无法睡觉,日子过得痛苦不堪。

有一位小伙子非常热心,别人管他叫乌安雅姆。他听人说黑夜被一条名字叫苏鲁库库的毒蛇牢牢锁着,不能出来。毒蛇苏鲁库库有一个大家族,巨蟒、蜈蚣、蝎子等等,都是它的亲戚。乌安雅姆实在无法看着自己的族人受没有尽头的白日折磨,他说道:

"我去想办法,一定要为大家叫醒黑夜。"

乌安雅姆带上弓箭、干粮和水就出发了。他穿过森林,越过河流,翻过高山,终于来到苏鲁库库的小屋。

他举起手中的弓箭,对毒蛇说道:

"难道你不想用黑夜来换我的弓和箭吗?"

"可是,小子,你的弓箭对我有什么用处呢?"苏鲁库库回答,"我没有手,如何能拿住它们呢。"

没有办法,乌安雅姆只好四处去寻找对苏鲁库库有用的东

西,以便和它交换黑夜。找啊,找啊,他找来了一个哨子,对苏鲁库库说:

"看,这个哨子,能够发出很尖厉的声音。我把它送给你,你行行好,把黑夜还给人们。"

"小子,"苏鲁库库说道,"我没有腿。你帮忙把哨子绑到我的尾巴上吧,记住,要绑得好一点,灵活一些,要让我在需要的时候能够随时把哨子顶起来。"

乌安雅姆把哨子绑到了毒蛇的尾巴上。从此以后,每当蛇生气的时候,它就会沙沙地晃动尾巴,向别人示威警告。

但是,狡猾而贪心的苏鲁库库并没有把黑夜交给乌安雅姆。

为了帮助生活在不幸中的族人,乌安雅姆决定去寻找毒药,因为他想,也许苏鲁库库会喜欢它、需要它。

的确,苏鲁库库一听到"毒药"两个字,立即两眼放光,挺直了尖尖的头颅,换了一种语调急迫地对乌安雅姆说道:

"哎呀呀,就这样吧,我给你黑夜,你把毒药给我,我可是实在太需要它了。"

苏鲁库库把黑夜卷起来装进篮子里,递给乌安雅姆。

部落的人们一看到乌安雅姆提着篮子从苏鲁库库的小屋走出来,马上向他跑去,七嘴八舌地问道:

"乌安雅姆,你真的给我们带回来黑夜了吗?"

"带回来了,带回来了!"乌安雅姆满脸笑容地回答,"可是现在不行,你们还不能看。苏鲁库库警告我说,让我在回到家之前千万不要打开篮子。"

但是乌安雅姆的族人们按捺不住好奇,迫不及待,希望马上就可以看到黑夜,不断地央求他,央求他。善良的乌安雅姆拗不过他们，一边侥幸地想，也许什么坏事也不会发生吧，一边轻轻地揭开了提篮的盖子。

地球上的第一个黑夜，就这样从篮子里冒出来了。四周立即被沉沉的黑暗完全笼罩。

人们被沉沉的黑暗吓住了，开始尖叫起来，并四处逃窜，瞬间没有了踪影。

乌安雅姆一个人孤零零地留在了黑暗的中央，他焦急地叫道："月亮哪里去了？谁把月亮给吃了？"

这时，苏鲁库库的所有亲友，比如巨蟒、蛇怪、蜈蚣、蝎子等等，已经和苏鲁库库分享了毒药，拥有了新的本领。它们把乌安雅姆团团围住，而巨蟒，也就是苏鲁库库的姐姐，在他的腿上狠狠地咬了一口。

乌安雅姆在黑暗中隐约猜到，是巨蟒咬了他。他叫道："我认出你了，巨蟒！你等着，我的同伴们一定会为我报仇！"

毒蛇苏鲁库库的这一大家族，恶狠狠地向乌安雅姆扑过去。

遭到巨蟒撕咬的乌安雅姆死了，但是他的朋友用神奇的叶子擦拭他的全身，成功地把他救活了。

复活过来的乌安雅姆再次来到苏鲁库库的小屋。这一次，他想向苏鲁库库要长夜，因为第一个黑夜实在太短暂了。

作为交换，乌安雅姆给苏鲁库库找来了许许多多的毒药。

苏鲁库库把大地上所有肮脏的东西收集起来，用漆树的汁液搅拌，最后做成了漆黑漆黑的夜晚。就这样，黑夜终于变长了。但是，由于苏鲁库库造长夜时用的东西不干净，人们在夜里经常遭受骨骼疼痛的折磨，或者感到嘴里发苦。

就这样，乌安雅姆为部落的人们带来了黑夜。在白天与黑夜的轮换交替下,树木和花草长得更加繁茂,泉水变得清澈而甘甜,河流在青翠的草地上流过,人们从此可以快乐地劳作,幸福地睡觉休息,过上了正常生活。

**想一想**

乌安雅姆用什么和苏鲁库库换来了长夜?

## 动物与雷电

在远古时候,宇宙里没有地球,更没有山川河流、飞鸟走兽。

当宇宙之母爱因戛纳创造地球的时候,她忘了造出野兽、鸟儿和各类鱼:她创造了谷地和山脉、森林和沙漠、海洋和河流,还有人类、树木和青草,但是根本没有想到野兽、鸟儿和鱼虾等等各种动物。

爱因戛纳创造了雨,好让河川充满流水,同时创造了雨的兄弟——闪电之神和雷神。

爱因戛纳如同自己的亲生儿子一样喜爱他们,其中最喜欢的是闪电之神马拉戈纳。她送给了马拉戈纳大量的石斧,以便他能够粉碎岩石、毁坏树木。马拉戈纳的弟弟为此非常生气,经常暴躁地发出轰隆隆的嘶吼声。

马拉戈纳有一个儿子,一直在天上玩耍,从没有到过大地上。他很想知道,地上的人们是如何生活的。

有一天,趁父亲不注意,他偷偷地从天上溜到凡间,正好看到战士们在跳舞庆祝战争的胜利。部落长老看到了他,认出他是闪电之神的儿子,命令族人把他抓起来,以此为人质,要求他的父亲马拉戈纳今后不要再对部落的人们带来伤害。

闪电之神得知人类对他儿子所做的一切，大为震怒。

被母亲骄纵惯了的他如何能够听从人类的安排。为了救出自己的儿子，他用巨大的石斧劈开人类隐藏其中的岩石，毁坏人们栖身的树木。儿子被放出来后，马上也去追逐正在逃命的人们。

被闪电之神攻击的大地一片狼藉。惊慌失措的部落人群向四面八方奔跑，为了躲避愤怒的马拉戈纳，他们纷纷变成各种野兽、鸟儿和鱼。野兽藏在隐秘的山洞里，鸟儿飞向高高的天空，鱼儿则沉到了海底。

闪电之神和雷神两兄弟，至今仍然频频造访大地。只要他们一出现，人类、野兽和鸟儿就纷纷躲避，不敢和他们打照面。

**想一想**

为什么人类和动物不敢和雷电两位大神打照面？

# 一千零一夜

从前,有一个非常邪恶和残暴的沙赫里亚国王。他每一天要纳一个新妻子,第二天早晨就把她杀死。那些养有女儿的家庭,父母们都想方设法把自家千金藏起来,不让沙赫里亚国王发现,或者干脆带着她们远走他乡,寻求安定的生活。

很快,在整座城市里,只剩下了一个适龄女孩——国王的首席顾问大臣的女儿莎赫拉扎达。

首席顾问大臣从王宫里出来,愁眉苦脸,一路伤心哭泣着回到家。莎赫拉扎达看出来,父亲遇到了令他痛苦不堪的事。她问道:

"爹爹,什么事情让你如此痛苦呢?也许我可以帮到你?"

顾问大臣一开始本不想告诉女儿有关事情的真相,但最终还是决定不隐瞒她,把当今国王每天娶妻又残暴杀妻、现在要娶她为妻的事,一五一十地讲了。莎赫拉扎达想了想,说道:

"您不用难过!明天早上带我到沙赫里亚那里去吧,不用担心——我一定会活下来,而且毫发无伤。如果我想出来的办法能够成功,那么我拯救的不仅是我自己,还有沙赫里亚国王没来得及杀害的所有女孩。"

无论顾问大臣如何苦苦央求女儿莎赫拉扎达,她坚持自己的想法,丝毫不为父亲的言语所动。最后父亲只好同意照着女儿说的去做。

莎赫拉扎达有一个年龄尚幼的妹妹叫杜尼亚扎达。她找到妹妹,说道:

"当我被带到国王那里时,我将请求他派人接你进入王宫,以便我们姐妹能够最后一次相聚在一起。而你,当你来到王宫,看到国王很是无聊时,就说'啊姐姐,给我们讲个故事吧,好让国王变得高兴起来',我就会给你们讲故事。这将帮助我们得以获救。"

莎赫拉扎达是一个非常聪明、知识渊博的姑娘。她读了很多古老的书籍、故事和小说。世界上还没有哪一个人知道的故事能比莎赫拉扎达知道的更多。

第二天,大臣带着莎赫拉扎达进了王宫,流泪和她告别。他对女儿生还已经不抱任何希望。

莎赫拉扎达被带到国王跟前,他们两个人一起吃了晚饭,然后莎赫拉扎达突然开始伤心地哭了起来。

"你怎么了?"国王问她。

"啊,仁慈的国王,"莎赫拉扎达说道,"我有一个很小的妹妹。我希望在死前能够再看她一眼。恳请陛下允许召见她入宫,让她和我们在一起坐一坐。"

"好吧,就照你说的去做。"国王下令带杜尼亚扎达进宫。

杜尼亚扎达来了,紧挨着姐姐,坐在软凳上。虽然妹妹已经提前知道莎赫拉扎达想要做什么,但她仍然非常害怕。

沙赫里亚国王在晚上无法入睡。当午夜来临,杜尼亚扎达注意到,国王睡不着,神情焦躁。于是她对莎赫拉扎达说:

"姐姐,请你给我们讲一个故事吧。也许,我们的国王将会变得高兴起来,夜晚对他也不会显得这么漫长了。"

"非常乐意,当然,如果陛下吩咐我这样做的话。"莎赫拉扎达说道。

国王说:"你讲吧,让我们看看,那故事是不是很有趣。"

于是莎赫拉扎达开始讲了起来,国王漫不经心地听着。聪明的姑娘不慌不忙地讲着,国王听着,听着,不知不觉中,天慢慢亮了。当莎赫拉扎达讲到最精彩的地方时,她看到太阳升起来,于是停了下来。杜尼亚扎达好奇地问她:

"那后来怎么样呢,姐姐?"

"接下来的故事,我晚上再给你们讲,当然,假如国王不下令处死我的话。"莎赫拉扎达说道。

国王也非常希望听到接下来的故事。他暗自琢磨:"让她今天晚上讲完,明天我再处死她不迟。"

那天早晨,顾问大臣来到国王跟前,提心吊胆,不知女儿是死是活。莎赫拉扎达迎接了他,她看起来高高兴兴,心满意足。只听她说道:

"父亲,你看到了,我们的国王宽恕了我。我开始给他讲故事,这个故事国王非常喜欢,因此他让我今天晚上继续把它讲完。"

听了女儿说的话,大臣心花怒放,步履轻快地去觐见国王。他们开始商讨处理国家大事,但国王完全心不在焉——他迫不及待地盼着夜晚快快降临,好继续听莎赫拉扎达讲故事。

天刚一擦黑,国王就派人召来莎赫拉扎达,命令她继续讲故事。半夜时分,她讲完了这个故事。

国王忧郁地叹了一口气,说:

"可惜啊可惜,已经结束了。可是离天亮还早着呢。"

"仁慈的陛下,"莎赫拉扎达说道,"和这个故事相比,我还有更有趣的。如果您允许,我可以讲给您听。"

"快讲快讲!"国王欢喜地大声嚷道。于是,莎赫拉扎达开始讲一个新的故事。

当清晨降临时,她正好又讲到了故事最有趣最精彩的地方。

国王根本顾不上是不是要处死莎赫拉扎达,他现在已经等不及想要听完故事。

就这样,过了一个夜晚,又过了一个夜晚。莎赫拉扎达给沙赫里亚国王讲精彩的故事,讲了整整一千个夜晚,几乎三年。当第一千零一个夜晚来临时,她终于讲完了自己最后的一个故事。国王对她说:

"莎赫拉扎达,我已经习惯了你在我身边。虽然你不能给我讲新故事了,但是我不会处死你。我也不需要新的妻子,这个世界上,没有一个女孩能够比得上你。"

莎赫拉扎达的故事,智慧的阿拉伯人代代相传,神奇的《一千零一夜》故事就是这样来的。

**想一想**

你知道哪些《一千零一夜》故事?最喜欢的是哪一个?

# 阿里巴巴与四十大盗

很久以前,在遥远的波斯有两兄弟,哥哥卡希穆非常富有,弟弟阿里巴巴非常贫穷。

早些时候,卡希穆和弟弟一样,也是穷人,但后来他娶了一个富商的女儿为妻,妻子从她父亲那里继承了一大笔遗产。卡希穆利用这笔财产开始做生意,不久就赚了许多钱,成为有钱人。

阿里巴巴的妻子,则是一个出身贫苦的女人。一间破屋,三头毛驴,就是两人的全部家当。阿里巴巴每天赶着毛驴去林中砍柴,再进城把柴卖掉,卖柴的钱用来买粮食和家用的东西。

卡希穆和他妻子,是非常自私吝啬的人,尽管他们很富有,但从来不肯接济阿里巴巴一家。兄弟两家平日里很少来往。

一天,阿里巴巴像往常一样,赶着三头毛驴进森林。他将砍下的木柴捆绑好,放到毛驴背上驮着。正准备下山,他发现有一支马队向他的方向疾驰而来,离他越来越近。阿里巴巴非常害怕,倘若来的人是一伙强盗,不仅毛驴会被抢走,而且他的性命都将难保。情急之下,他把驮着柴火的毛驴赶紧拴到密林里,自己爬到一棵大树上藏起来。那棵大树生长在一块巨石旁边。

这时,那支马队已经跑到阿里巴巴藏身的树下。骑马人勒马停步,在大石头前站定。阿里巴巴从树枝缝里看到,他们一个个年轻力壮,行动敏捷。骑马人在树下拴好马,取下沉甸甸的鞍袋,里面显然装着金银珠宝。

一个首领模样的人,也背着沉重的鞍袋,径直来到那块巨石跟前,说道:

"芝麻芝麻,开门吧!"

巨石竟然像一扇大门一样,慢慢打开了。这些人各自背着鞍袋,鱼贯而入进到山洞里,那个首领走在最后。首领刚进入洞内,那石门便自动关上了。

阿里巴巴数了一下,他们共有四十人。

原来,这是一伙拦路抢劫的强盗,刚刚抢劫了一支商队,得了大量的金银财宝,到这里来藏赃物。

阿里巴巴一时不敢从树上下来,担心强盗随时可能出来。等了一会儿,山洞的门又打开了,强盗首领第一个走出洞来,他站在石门前,清点手下,等所有人都出来,他便开始念咒语,说道:

"芝麻芝麻,关门吧!"

随着他的话音,洞门自动合拢关起来了。巨石恢复了原状,就像从来没有分开过一样。强盗们走到自己的马前,跨上马背,又沿原路扬长而去。

阿里巴巴被眼前发生的一切惊呆了,直到强盗们走得无影无踪,他才从树上下来。

他心想:"这个山洞里一定藏着这伙强盗抢来的金银财宝。

我去试试刚才那句咒语,看能不能把这个洞门打开。"

于是,阿里巴巴走到石门前,大声喊道:

"芝麻芝麻,开门吧!"

他的喊声刚落,洞门立刻打开了。他小心翼翼地走了进去,洞门在他身后又自动关闭了。阿里巴巴左右张望,原来这是强盗们的藏宝之地,巨大的山洞里,堆满了丝绸、锦缎、毡毯,一匣匣的珍珠、宝石和各种首饰,各类金银器皿杂乱放着,还有多得无法计数的金币银币,有的散堆在地上,有的盛在口袋里。阿里巴巴从来没有见过这么多宝贝,看得他眼花缭乱。

为了不让强盗发现异常,他没有动那些丝绸锦缎、珍珠宝石、金银器皿,只装了几袋金币,就出了山洞。他站在山洞口,说道:

"芝麻芝麻,关门吧!"

洞门应声关闭,巨石又恢复了原样。

阿里巴巴把金币藏在柴堆下,用毛驴驮着,赶紧回到家。等他卸下柴捆,把装着金币的袋子搬进房内,他妻子惊得目瞪口呆。她以为这是丈夫偷来的,非常害怕。

"你从哪儿弄来这么多金币?"她问。

阿里巴巴把今天在山上的遭遇和这些金币的来历一五一十地告诉了妻子。妻子听了,又惊又喜,惊的是担心强盗会发现,喜的是这些金币可以让家里的日子好起来了。

金币太多了,数不过来,阿里巴巴的妻子到哥哥卡希穆家借升斗。卡希穆家非常好奇,不知道阿里巴巴他们要量什么,因为阿里巴巴家太穷了,东西有限,从来用不到升斗来量数。卡希穆的妻子在升斗底部抹上一些蜂蜜,然后把升斗递给弟媳。

弟媳拿着升斗回到家中,量起金币来,然后和阿里巴巴一起,在房间里挖了一个坑,把金币埋起来,不让人发现。

阿里巴巴的妻子将升斗送还卡希穆家,粗心的她没有发现一枚金币沾在升斗的底部。卡希穆的妻子接过升斗,立即发现了那枚金币。她大吃一惊,心里生疑,对丈夫说:

"阿里巴巴他们发财了!竟然用升斗量金币!他们从哪里来的这么多金币?"

卡希穆来到阿里巴巴家,逼他说出金币的来历。

阿里巴巴知道事情已经被哥哥嫂嫂知道,暗想既然无法再保守秘密,干脆把偶然发现强盗藏宝山洞的前后经过都告诉了哥哥。他知道哥哥爱财如命,一定会去取宝,因此说道:

"强盗们非常凶狠,一定要小心,千万不能让他们发现。一旦碰上强盗,他们就会抓住你,杀死你的。"

卡希穆满心里只有闪闪发光的金币和各式珠宝,弟弟的提醒完全成了耳边风。他回到家,备好了十头骡子,然后赶着它们向强盗的藏宝山洞出发了。

卡希穆找到了那座山,来到那块巨石跟前,大声说:

"芝麻芝麻,开门吧!"

随着他的喊声,巨石打开,露出了洞口。卡希穆欢天喜地进了山洞,门在他身后又自动关上了。虽然阿里巴巴向他讲过洞里有很多财宝,他还是被眼前堆积如山的金银珠宝和丝绸锦缎惊住了。缓过神来,卡希穆赶紧开始挑选财宝,装了足足十大袋子,准备让骡子驮回。等他想出山洞时,发现自己忘了开门的咒语。

他大喊:"大麦大麦,开门吧!"

洞门依然紧闭。

卡希穆惊慌失措,一口气喊出各种谷物的名称,唯独"芝麻",他是怎么样也想不起来了。洞门关得紧紧的,纹丝不动。

正在这时,强盗们回来了。他们看见洞外有十头骡子,非常吃惊。强盗首领对着巨石大叫:

"芝麻芝麻,开门吧!"

洞门大开,强盗们看见了卡希穆和他身边装好的十袋珠宝。卡希穆已经吓得瘫倒在地,什么话也说不出来。强盗们杀死了卡希穆,把他的尸体砍成几块,扔到一边,将宝物放好,又走出洞外,骑马离去。

这天到了晚上,卡希穆还没有回家,他妻子感到事情不妙,跑到阿里巴巴家去问:

"你哥哥早上出去了,到现在还没有回家来。我非常担心,他不会发生什么意外吧?"

阿里巴巴安慰了她,第二天一早,他就赶着三头毛驴,前往山洞。他对着石门说道:

"芝麻芝麻,开门吧!"

洞门应声而开。

阿里巴巴急忙进山洞,一进洞门就看见卡希穆被砍成几块的尸首。他非常害怕,硬着头皮把哥哥的尸块都装进袋子,用一头毛驴来驮运。然后他又装了两袋金币,放在另外两头毛驴的背上。他收拾好东西,出了山洞,念咒语把石门关上,赶着毛驴回家了。

他把驮着金币的两头毛驴赶到自己家,让妻子收拾藏好,关于卡希穆遇害的事,他却只字不提。接着他把哥哥的尸首用毛驴送到嫂嫂家,他嫂子见了痛哭不已。

阿里巴巴对嫂子说:

"现在没有时间伤心了,我们要好好商量一下,如何埋葬哥哥,既不被人怀疑,又不能让强盗知道,否则强盗找上门来,我们大家就都活不成了。"

卡希穆家有个非常聪明的年轻女仆,名叫马尔吉娜。阿里巴巴让她去药店买药,就说卡希穆老爷病危,快死了。

马尔吉娜去到药店,告诉药店老板,卡希穆突然得了重病,生命垂危,需要能急救的药。

老板卖给她一些上好的药,她急忙跑回家。第二天,她又来到药铺,还是要买急救的药,愁眉苦脸地对老板说:

"我家老爷情况非常不好,我都担心他连这些药吃不完就会咽气了。"

当天晚上,卡希穆家传出悲痛的哭泣声。街坊四邻听了,都知道卡希穆死了,因为这两天他们看见马尔吉娜和阿里巴巴两口子在他家进进出出,忙着为他买药治病。

卡希穆的尸首被分成了几块,需要缝好了才能入殓。马尔吉娜决定去找一个裁缝来缝尸。她化装成一个中年妇人,跑到一家缝纫店,对裁缝说:

"我家老爷想请你缝一件上好的衣服,但是不能让别人知道。他愿意出高价,条件是你要蒙上眼睛缝衣。这件事情完成后,不能对任何人说。"

看着眼前的金币,裁缝答应了。等天一黑,马尔吉娜用一条厚厚的头巾蒙上裁缝的眼睛,领着他七拐八拐,到了卡希穆的家,进到停放卡希穆尸体的房间,解开蒙眼头巾。裁缝什么也不问,按照马尔吉娜的盼咐,麻利地把卡希穆的尸首缝合起来,然后又做了一件入殓的寿衣。

干完活,马尔吉娜再次用头巾蒙上裁缝的双眼,领着他又七拐八拐地走了好远,最后把他送回缝纫店。

第二天,阿里巴巴为哥哥卡希穆举办了葬礼。因为卡希穆的妻子太过伤心,他们的儿子年龄还小,需要人照顾,阿里巴巴便搬到了他哥哥家,帮着嫂嫂经营生意,并抚养教育侄儿。

当强盗们再一次来到藏宝山洞时,他们发现卡希穆的尸首不见了,非常生气。他们决定一定要找到卡希穆的同伙,因为宝藏的秘密不能让别人知道。

于是,强盗首领派出一个得力干将去城里,偷偷寻访偷尸的人。

强盗到了城里,找了一天一夜,也没找到线索。黎明时分,他经过一间裁缝店,看到裁缝正在铺里干活,便走上前去好奇地问:

"天还没怎么亮,你就开始干活了,你看得见吗?"

裁缝得意地说:"安拉赐给我一双好眼睛。前几天,我还在一间黑屋子里缝了一具被砍成几块的尸体呢!"

强盗一听,喜出望外,敏感地意识到这家就是那个偷尸人。他不动声色地套出了裁缝跟着马尔吉娜走、缝合尸体和寿衣的事情,塞给裁缝一枚金币,让他领着去看看那所房子。

裁缝说:"我也不知道那所房子在哪儿,因为当时来回她都用头巾蒙住了我的眼睛。"

"你跟我走,说不定我们能够找到呢!"强盗说。

强盗掏出一块手帕蒙住他的双眼,说:"跟着我走,回忆一下你跟那妇人走的路。"

裁缝记忆力很强,感觉灵敏,在强盗的牵引下,他边摸索边回忆,七拐八拐走了一会儿,他突然停下来说:"就在这儿!"

原来这正是卡希穆的家,现在是阿里巴巴住着的。强盗用白色粉笔在阿里巴巴的大门上画了记号,然后赶紧回到山上,向首领汇报。

强盗和裁缝走后,马尔吉娜外出办事。一开门,心细的她就发现了门上的记号,非常惊讶。她担心有人不怀好意,于是拿出白色粉笔,在附近每家大门上都画上同样的记号。为了不引起不必要的惊慌,她对谁都没有说。

夜里,强盗们全队出动,前去抓人,可是他们发现那条街上每家大门上都有一个同样的用白色粉笔画的符号。那个画记号的强盗被搞糊涂了,说不清究竟是哪家才是偷尸人。强盗们只好无功而返。

回到住的地方,强盗首领大为恼火,处死了那个探路的强盗。他亲自去找裁缝,让裁缝领他到阿里巴巴的家门前。他这次没有做任何记号,而是暗暗记下阿里巴巴家具体位置,然后就回去安排新的计划。

强盗首领让手下找来四十个大罐,两个大罐里面装满油,其余三十八个,每个里面藏一个强盗。他把四十个大罐让二十头骡子驮着,自己装扮成卖油商人。他和手下约定,以他击掌为信号,他们到时从罐中出来,杀死屋里所有的人,好让藏宝山洞的秘密不再泄露。一切布置妥当,他便赶着骡队向阿里巴巴的家出发了。

傍晚时分,骡队进了城。来到阿里巴巴家门口,强盗首领敲

主人的门,对阿里巴巴说:

"好心的主人,我是卖油的商人,今天太晚了,没有找到地方住宿。请您允许我在你这里住一个晚上,骡子和油罐放在院子里就可以。"

热心的阿里巴巴没有认出强盗首领,相信了他的话,同意留他住一晚,让仆人把四十个油罐放在院子里,还为二十头骡子添加饲料。

夜深了,马尔吉娜发现房间里的灯没有油了,油壶里也空了。她想到借宿的卖油商人,就走到院子里,走到一个大油罐前,正要伸手舀油,突然听见里面有人轻声问:"可以动手了吗?"马尔吉娜吓一跳,随即机智地故意粗着嗓子压低声音说:"还不到时候呢。"

她又走到第二个大油罐,听见里面也有轻微的呼吸声,于是压低嗓子说"还不到时候呢"。就这样,马尔吉娜一直走到最后一个罐子,发现只有最后两个装的是油。聪明的马尔吉娜明白了,这是山洞里的强盗们来报复了!她不动声色地舀了一大锅油,放在火上煮沸,然后倒进每个藏有强盗的罐子里。强盗们一个个都被烫死了。

半夜里,等阿里巴巴一家都睡着了,强盗首领悄悄来到院子,轻轻击掌。见没有反应,他加大了力气,又击了第二次、第三次,仍然不见动静。他跑到第一个罐子跟前,打开盖子,发现藏在里面的强盗已经死了。他又赶紧打开第二个、第三个……直至最后一个,全部三十八个强盗,都死在罐子里了。他知道情况不妙,担心被人发现,自己悄悄地逃跑了。

第二天早晨,阿里巴巴发现客人不见了,很纳闷,就去问马尔吉娜。

马尔吉娜说:"他哪里是什么卖油商人,他就是强盗头子,带着人来杀我们的!"

她带着阿里巴巴到那些油罐跟前,让他自己看。阿里巴巴揭开盖子一看,惊得目瞪口呆说不出话来。

马尔吉娜把她前几天如何发现门上有人做记号、昨夜如何发现油罐里藏有强盗、如何烧油烫死强盗们的经过,从头到尾给阿里巴巴详细讲了一遍。她说:

"这几件事连起来看,可以肯定他们就是藏宝洞里那伙强盗。从人数上看,除了强盗头子,还有一个人不知下落。我们要特别小心,不能让人发现这些强盗死在我们这里,更要小心那个跑掉的强盗头子和另一个不知下落的强盗来报仇。"

阿里巴巴对马尔吉娜的机警大为赞赏,带领仆人们在后花园挖了一个大大的坑,把三十八个强盗的尸体埋好,不让人发现。同时,让人把油罐全都收起来,又打发人每次牵两匹骡子到集市卖掉。这件大事算是处理妥了,不过阿里巴巴并未因此安心,反而更加小心谨慎,因为他知道强盗首领和一个强盗还活着,并且一定会再来报仇。

强盗首领从阿里巴巴家匆匆逃走以后,一想到手下弟兄都没了,洞里的财宝眼看也保不住,就非常恼火,满心想着为报仇,好洗刷这奇耻大辱。他绞尽脑汁,终于想出一个办法。

他扮作一个商人再进城去,在一家客栈住下。他向客栈的门房打听消息:"最近城中发生了什么奇怪的事情吗?"

门房把最近听说的奇闻异见,一件一件地讲给他听,可是没有一件是和阿里巴巴有关的。强盗首领听了既奇怪又失望,他明白了,阿里巴巴是个不好对付的聪明人,不但拿走了山洞中的钱财,还害了这么多人的性命,而他自己却平安无事。他决定从长计议,小心应对。他在卡希穆儿子的商店对面,租了间铺子,给自己取名盖勒旺吉·哈桑,开始做起生意来。

强盗首领很快就和小卡希穆熟悉了,对他非常热情,两人经常往来。一天,小卡希穆邀请盖勒旺吉·哈桑到家里做客,阿里巴巴热情地接待了他,丝毫没有认出来他是那个逃跑的强盗头子。

阿里巴巴盛情挽留盖勒旺吉·哈桑一起吃饭,但是客人托词要走,说他最近身体不好,不能吃放盐的菜。阿里巴巴一心留客人,吩咐马尔吉娜去准备不放盐的菜。

"这人是谁?为什么不吃盐?"机灵的马尔吉娜警觉起来。原来,按照阿拉伯的风俗,和主人在一起吃了盐,客人便不能做对不起主人的事。

借上菜的机会,马尔吉娜看到了客人,大吃一惊,因为她认出了盖勒旺吉·哈桑就是那个强盗头子。再仔细一打量,发现他长袍下藏着短剑。

"啊,他不吃盐,原来如此!"

聪明的马尔吉娜回到自己房里,换上鲜艳美丽的节日服装,脸上罩了精致的面纱,腰上系一条彩色腰带,腰带上挂着一把柄上镶嵌金银宝石的匕首。这时阿里巴巴和客人已经吃完酒席,正在客厅里喝茶聊天。马尔吉娜走进客厅,对着主人深深鞠了一躬,请求准许她跳舞助兴。

马尔吉娜步子轻盈,舞姿婀娜,让阿里巴巴和客人看得入神。舞着舞着,马尔吉娜突然抽出匕首,捏在手里,从这边旋转到另一边,然后把锐利的匕首紧贴在胸前,停顿下去,拿起手鼓,继续旋转着,按喜庆场合的惯例,开始向在座的人乞讨赏钱。

她首先停在主人阿里巴巴面前,主人扔了一枚金币在手鼓中,小卡希穆也扔了一枚金币。等马尔吉娜走近时,盖勒旺吉·哈桑掏出钱包,预备给赏钱。这时马尔吉娜飞快地把匕首对准盖勒旺吉·哈桑的心口,猛刺进去,他立刻没命了。

阿里巴巴大惊:"你在干什么啊,马尔吉娜!"

"主人,我救了你的命呐!"马尔吉娜不慌不忙地说。她把客人的长袍掀开,露出了暗藏的短剑。

"主人,你仔细看看,认出他是谁了吧!"

阿里巴巴认出了他原来是强盗首领。他非常感谢马尔吉娜的忠诚和勇敢,要重重地赏赐她。

"你两次从强盗手中救了我的性命,我一定要报答你。现在我宣布,恢复你的自由。从现在起,你就是自由人了。"

接着阿里巴巴又说:"你是一个聪明、勇敢、机智、能干的姑娘,我做主把你许配给我的侄子,祝愿你们相互恩爱,平安幸福。"

小卡希穆非常赞赏马尔吉娜的聪明智慧,欣喜地同意娶她为妻。

大家一起动手掩埋了强盗首领的尸体,这件事没有一个外人知道。

阿里巴巴选定吉日,为侄子和马尔吉娜举行了隆重的婚礼。他大摆筵席,宴请邻居和朋友,大家高高兴兴地来庆祝这对新人。

为安全起见,自哥哥卡希穆死后,阿里巴巴再也没到藏宝山洞里去过。在众强盗和他们的首领被结果以后,又经过了一段时间,一天清晨,他独自骑马来到洞口附近,仔细观察,确信没有人迹后,把马拴在树上,来到洞前,说道:

"芝麻芝麻,开门吧!"

洞门应声而开。阿里巴巴进入山洞,见所有的金银财宝原封不动地堆积在那里,在洞的深处,发现有一具带有强盗短剑的遗骸。现在他深信所有的强盗都死了。现在除了他自己外,没有一个人知道这个秘密了。于是他装了一鞍袋金币,回家去了。

从此以后,阿里巴巴和他的子孙们,享受洞里数不清的财富,一直过着富裕的生活。

**想一想**

卡希穆和阿里巴巴的性格、品德有什么不同?

# 知 识 链 接

【文学常识】

一、作品评价

　　一个民族,如果失掉了神话,不论在哪里,即使在文明社会中,也总是一场道德灾难。

　　　　　　——荣格:《集体无意识和原型》,马士沂译,《文艺
　　　　　　理论译丛》第1辑

　　希腊神话是世界文学遗产的一部分。古代的神话与小孩爱听的童话,民间流传的故事,以及原始民族的传说,实质都是一样,可以说是人类幼稚时期的小说。希腊神话本质特别好,又为希腊古代的诗文戏曲所取材,通过了罗马文学,输入欧洲,经了文艺复兴的消化,已是深深地沁进到世界文学的组织里去了。所以现今说起希腊神话来,这并不是希腊一国,或是宗教一方面的物事,乃是世界文学的普通知识的一部,想要理解西欧文学固然必须知道,就是单当作故事看也是很有意

思的。

——周作人:《〈希腊神话〉引言》,阿波罗多洛斯著、<br>周作人译《希腊神话》,中国对外翻译出版公司<br>1999年版

## 二、神话传说概述

神话产生于原始社会,是人们的口头创作,也是原始文化的结晶。在原始时代,人类的智力水平比较低下,他们还不能解释太阳的东升西落,月亮的阴晴圆缺,夏天怎么会有雷鸣闪电,而冬天又怎么会冰雪漫天,也不理解人是怎么来的,万物是怎样生长的。以为这一切都是由一个统治万物的"神"在起作用,于是就想象出"神"的形象、"神"的本领和"神"的故事。那时没有文字,都是口耳相传形成最早的"神话传说"或"神话故事"。世界上保存最完整的,要算古希腊的神话了。它们反映了人类童年时期渴望征服自然的意志和理想,是人类最早的文学创作。我国古代的《山海经》也保存着许多神话。

在神话中,自然物常常被拟人化、人格化。原始时代的人类认为万物都是神灵,而神灵都具有人的性格、人的形象,因此这些神灵都取有人的名字。如中国神话中的太阳神,是驾驭日车的羲和;月宫中女神的名字叫嫦娥。在古希腊神话中,太阳神被叫作阿波罗;月亮神被称为阿尔忒弥斯;海神被叫作波塞冬;智慧女神被叫作雅典娜。在神话中,每一项对人类有所贡献的重大发明,都被列在一个神的名下。如中国古代神话中,发明五谷和医药的神是神农氏;发明房屋的神是有巢氏;发明火的是燧人氏。在古希腊神话中,也是如此,万能之神是赫拉克勒斯;能工

巧匠是赫菲斯托斯,等等。

神话传说的结构常常较简单,语言通俗,形式生动活泼。由于辗转相传,反复加工,逐步完善,它具有群众性、集体性的特点。

## 【要点提示】

### 一、关于女娲神话

女娲神话的内容主要有两方面:一个是造人。传说女娲揉抟黄色泥土创造了人类。后来因为繁忙便引绳入泥浆拖拉甩动,飞溅的泥点变成了很多人。另一个是补天。传说上古时候,忽然发生了一场自然界的大灾变,天崩地塌,洪水泛滥。女娲就熔炼五色石块去修补苍天。补天神话的中心内容之一在于治水。女娲也可算是中国神话传说中最早的一位治水英雄。

也有传说说女娲替人类建立了婚姻制度,让青年男女互相婚配,繁衍后代。她又是婚姻的女神。总的说来,女娲乃是原始社会母系氏族时期流传下来的一位伟大女神的形象。

### 二、关于希腊神话

希腊神话包括神的故事和英雄传说两个部分。神的故事涉及宇宙和人类的起源、神的产生及其谱系等内容。相传古希腊有十二大神:众神之主宙斯,其妻赫拉,海神波塞冬,智慧女神雅典娜,太阳神阿波罗,狩猎女神与月神阿尔忒弥斯,爱与美之神阿佛洛狄忒,战神阿瑞斯,火神与工匠神赫菲斯托斯,神使赫尔墨斯,农神得墨忒耳,灶神赫斯提亚。他们掌管自然和生活的各种现象与事物,组成以宙斯为中心的奥林波斯神统体系。

英雄传说起源于对祖先的崇拜,它是古希腊人对远古历史和对自然界斗争的一种艺术回顾。这类传说中的主人公大都是神与人的后代,半神半人的英雄。他们体力过人,英勇非凡,体现了人类征服自然的豪迈气概和顽强意志,成为古代人民集体力量和智慧的化身。

希腊神话中的神与人同形同性,既有人的体态美,也有人的七情六欲,懂得喜怒哀乐,参与人的活动。神与人的区别仅仅在于前者永生,无死亡期;后者生命有限,有生老病死。希腊神话中的神个性鲜明,也很少有神秘主义色彩。因此,希腊神话不仅是希腊文学的土壤,而且对后来的欧洲文学有着深远的影响。

### 三、关于日本神话

日本神话最初成文于公元八世纪,而其起源则可追溯到绳纹文化时期。大多数学者认为日本神话的话语系统以及组织形式受中国和印度的影响很深,这与中国的儒教及印度的佛教传入有关。

日本神话中最初的神代表自然,他们是抽象的、无性别的独神;第二代神同样代表自然,但是具体的,如泥沼等,并且大部分拥有性别。对于世界的创造,日本神话的描述比较独特,在其他国家的神话中,世界通常是由一男性神创造的,而在日本神话中,世界由男性神伊耶那岐神与女性神伊耶那美神共同创造(岐、美是对男女的美称)。

四、关于俄罗斯神话

俄罗斯神话,是俄罗斯文学的重要组成部分。提到俄罗斯神话,不可避免地要提到斯拉夫神话,斯拉夫神话是斯拉夫民族(包括原苏联、南斯拉夫、波兰、捷克、斯洛伐克、保加利亚)等地区特有的一个神话体系。

在斯拉夫民族改信基督教以前,他们所信奉的就是斯拉夫神话中的神。按地区来分,斯拉夫神话大致可分为东斯拉夫神话、西斯拉夫神话和南斯拉夫神话。东斯拉夫神话主要流传在俄罗斯、白俄罗斯、乌克兰;西斯拉夫神话则主要流传于波兰的北部地区,邻近波罗的海;而南斯拉夫神话多受东正教基督体系影响,渐渐地转变成了一神教神话。

俄罗斯神话中,一切事物都是成对地出现。比如,斯拉夫人普遍认为白与黑,光明和黑暗的对抗从创世之初就已经开始了。大地和天空是至高无上的,是缔造者和主宰。在开天辟地的刹那间,便有了黑与白(对应着神话中的黑神切尔纳伯格与白神贝洛伯格),光明与黑暗,天与地。天神兼天火神叫斯瓦罗格,他有两个儿子,一个是地火神斯瓦罗日奇,一个是太阳神兼天火神达日博格。与其他国家的神话明显不同,斯拉夫人的神话中,有两个太阳神,另一太阳神是霍尔斯。这些神都是东斯拉夫部落所供奉的大神。

五、下列成语典故都跟历史或古代传说故事中的人物有关,从后面的四组答案中选出正确的一组。

(1987年全国语文高考试题)

1.随俗为变  2.胡服骑射  3.鸡犬升天  4.封狼居胥

5. 望帝啼鹃

　　(A) 1. 李冰　2. 汉元帝　3. 成名　4. 贾谊　5. 关汉卿

　　(B) 1. 李冰　2. 赵武灵王　3. 刘安　4. 刘义隆　5. 窦娥

　　(C) 1. 扁鹊　2. 汉元帝　3. 成名　4. 辛弃疾　5. 白居易

　　(D) 1. 扁鹊　2. 赵武灵王　3. 刘安　4. 霍去病　5. 杜宇

答案:(D)

六、下列句子中,成语使用正确的一句是(　　)

(1995年全国语文高考试题)

(A) 这些年轻的科学家决心以无所不为的勇气,克服重重困难,去探索大自然的奥秘。

(B) 陕西剪纸粗犷朴实,简练夸张,同江南一带细致工整的风格相比,真是半斤八两,各有千秋。

(C) 第二次世界大战时,德国展开了潜艇战,于是使用水声设备来寻找潜艇,成了同盟国要解决的首当其冲的问题。

(D) 关于金字塔和狮身人面像的种种天真的、想入非非的神话和传说,说明古埃及人有着极为丰富的想象力。

答案:(D)

七、下列成语中的六个,它们的来源可分为三类,请在中括号内填上类别,在括号内填写相关的成语序号。

(2002年全国语文高考试题·上海卷)

1. 名正言顺　2. 开天辟地　3. 图穷匕见　4. 钩心斗角
5. 画蛇添足　6. 精卫填海　7. 黔驴技穷　8. 卧薪尝胆
9. 落花流水

(A)出自[　　]的成语:(　　)

(B)出自神话传说的成语:(　　)

(C)出自历史故事的成语:(　　)

答案:(A)寓言,5、7

(B)2、6

(C)3、8

【学习思考】

一、你能复述一下"精卫填海"的故事吗?

二、尧舜禹是民间传说中的三个圣王,历史上禅让时期最负盛名的三位统治者。尧年老时看重舜的大孝,不仅把部落联盟首领的位置传给了他,还把两个女儿嫁给了舜。那你知道舜是因为什么原因把首领的位置禅让给了禹吗?

(于敏 编写)